Ötting
überlegte
fieberhaft,
was er tun
konnte.

Wenn Bella
wirklich an Gift
gestorben war,
würde die
Polizei Unter-
suchungen
anstellen.

Sie würden seine
Briefe finden, Fragen
stellen und am Ende
bei ihm zu Hause
nachfragen.

Er sah schon die Schlagzeilen in den Konkurrenzblättern:

LIEBESDRAMA
IN DER
CHEFREDAKTION

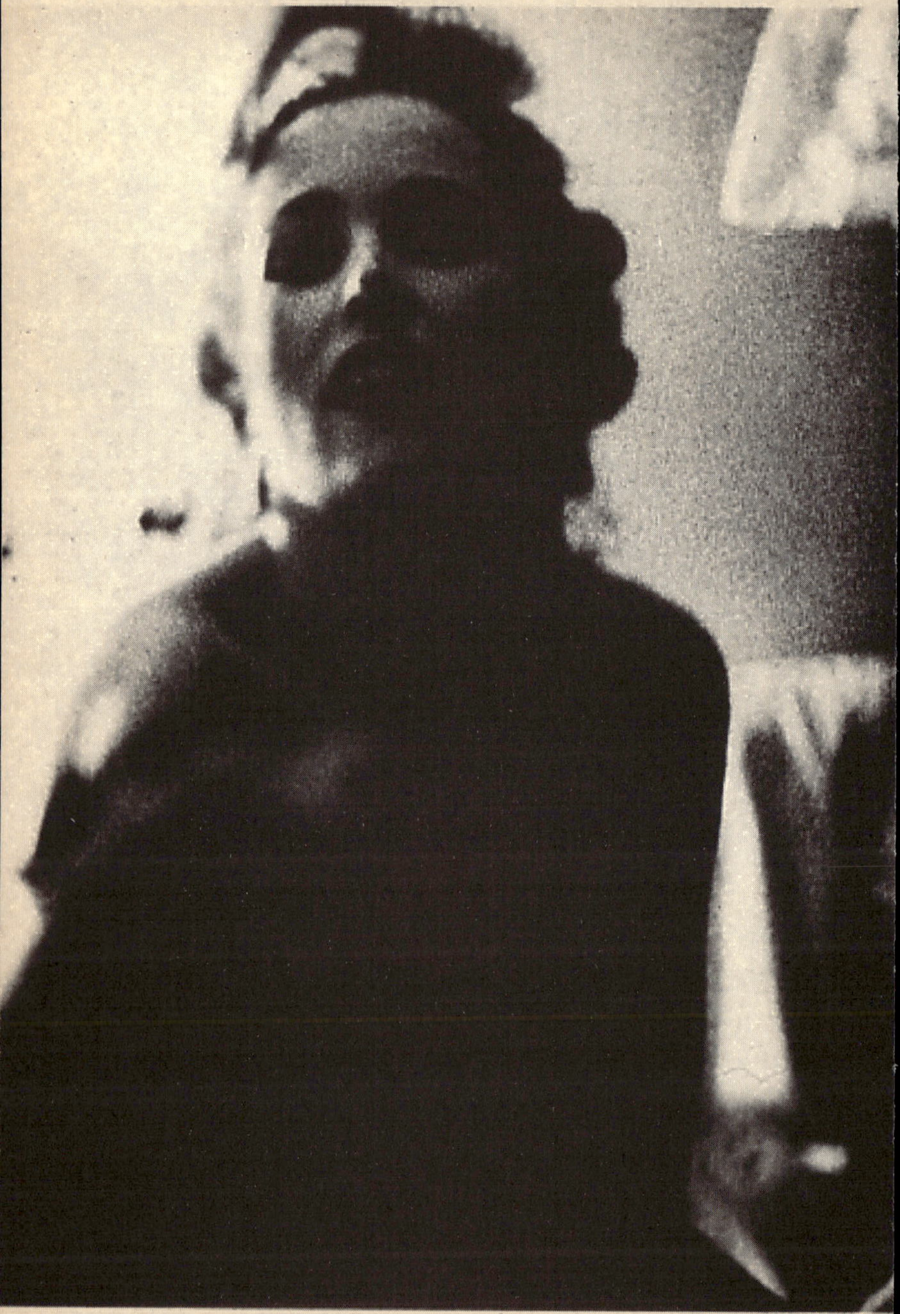

Helga Beyersdörfer

Mitten im Wort

Roman

WUNDERLICH TASCHENBUCH

Für Marc und Jutta
und ihren Vater

Originalausgabe
Veröffentlicht im Rowohlt Taschenbuch Verlag GmbH,
Reinbek bei Hamburg, Februar 1998

Umschlaggestaltung Barbara Hanke
(Foto: Mauritius Superstock)

Satz Sabon und Frutiger PostScript (PageOne)
Gesamtherstellung Clausen & Bosse, Leck
Printed in Germany
ISBN 3 499 26061 1

1

Als ihr Kopf vornüber auf die Tischkante fiel, war es genau einundzwanzig Uhr neun an einem frühherbstlichen, leicht nebligen Sonntagabend im September.

Die linke Gesichtshälfte der Frau lag auf dem aufgeschlagenen Buch, aus dem sie gerade vorgelesen hatte.

Der Klang ihrer Stimme hallte noch nach in dem Raum mit den hohen Fenstern, in dem sich jetzt schrecksekundenlang nichts und niemand rührte.

Die etwa vierzig Zuhörer saßen auf ihren harten Stühlen mit den verchromten Beinen und schienen darauf zu warten, daß es weiterging. Alle starrten nach vorne. Sahen die schwarze Halogen-Leselampe, die umgekippt war. Sie strahlte jetzt das blasse, leblose Gesicht der Frau an, den vollen Mund, die perfekt geschwungenen schwarzen Augenbrauen, das naturgelockte, dunkle, halblange Haar.

Am nächsten Tag erschien in der lokalen Tagespresse eine dpa-Meldung zu dem tragischen Vorfall.

Unter der Überschrift «Schriftstellerin Bella Sievers tot» erfuhr die Öffentlichkeit, daß die zweiundvierzigjährige Autorin während einer Lesung im Berliner Literaturhaus ohne vorherige Anzeichen von Unwohlsein zusammengebrochen sei.

«Auch der sofort herbeigerufene Notarzt konnte nicht mehr helfen», hieß es weiter. «Bella Sievers starb eine

Stunde später, ohne das Bewußtsein wiedererlangt zu haben. Die Todesursache ist noch nicht bekannt. Eine Obduktion wird vorgenommen, und die Kriminalpolizei wurde eingeschaltet, da nicht auszuschließen ist, daß es sich um ein Verbrechen handelt.»

Es folgten noch einige Bemerkungen über die literarische Hinterlassenschaft der Verstorbenen. Neben dem Text stand einspaltig das Foto einer strahlend lachenden, schönen Frau. Die Bildunterschrift lautete: «Die Hamburger Autorin Bella Sievers wenige Wochen vor ihrem plötzlichen Tod».

Am Tag darauf meldeten auch überregionale Zeitungen das Ereignis, die meisten mit dem gleichen Foto, das der Verlag der Toten den Redaktionen zur Verfügung gestellt hatte.

«War es Gift?» fragten die Schlagzeilen jetzt, oder «Wie starb Bella Sievers wirklich?»

Margot Thaler las die Meldung mit dem schläfrigen Interesse eines Menschen, der gerade aufgestanden ist und den ersten Becher mit dampfendem Kaffee vor sich stehen hat.

Margot gehörte zu den Menschen, die als Morgenmuffel zu bezeichnen noch untertrieben war. Bevor sie nicht mindestens drei Becher Kaffee getrunken hatte, durfte weder das Radio dudeln noch das Telefon läuten. Sie kam mit sich und der Welt besser zurecht, wenn sie in der ersten Stunde des Tages mit der Morgenzeitung alleine war. Seit sie beschlossen hatte, als freiberufliche Journalistin zu arbeiten, gönnte sie sich diesen Luxus.

Gähnend saß sie am Tresen ihrer offenen Küche, vor

sich aufgeschlagen die Hamburger Morgenpost. In der Ecke neben dem Kühlschrank blubberte leise die Kaffeemaschine.

Sie kuschelte sich behaglich in ihren alten gelben Frotteemantel, den Harald einmal abschätzig ihr Viermannzelt genannt hatte. Harald! Wieso zum Kuckuck mußte sie jetzt an ihn denken? Ungehalten zog Margot die Zeitung näher zu sich heran und versuchte, sich auf das Gesicht der Bella Sievers zu konzentrieren. Ein schönes Gesicht, ein perfektes Make-up. Der Typ elegante Schönheit, wie er Harald gefiel. Diese Frau hätte bestimmt den Seiden-Satin-Morgenmantel in Perlmuttweiß getragen, den Harald eines Tages angeschleppt hatte und der seither unbeachtet im Schrank hing. «Du könntest aussehen wie Jane Fonda zu ihrer besten Zeit», hatte er beleidigt gesagt, «wenn du wenigstens ab und zu mal was anderes als dieses praktische Zeug tragen würdest.»

Margot wollte aber gar nicht aussehen wie jemand anders und so bevorzugte sie weiter ihre bequemen Jeans. Das dichte, kastanienbraune Haar fiel, gerade geschnitten, glatt auf die Schultern, die grünen Augen erhielten keine Unterstützung durch Lidschatten. Lediglich den Mund betonte sie, immerhin, mit ein wenig Gloss.

Zuwenig für Harald. Einer seiner letzten Versuche, sie zu damenhafter Eleganz zu trimmen, war diese sündhaft teure, metallschimmernde Abendtasche, die er ihr eines Tages feierlich überreichte. Sie sah in Margots viereckiger Hand mit den kurzgefeilten Fingernägeln aus wie ein Stück Kernseife. Margot hatte lachen müssen, bis ihr die Tränen liefen, was Harald wiederum sehr ärgerte.

Er hielt ihr dann auch gleich ihre Neigung vor, lange zu

schlafen und spät ins Bett zu gehen, deutete mißbilligend auf ihre «Zettelwirtschaft» auf dem Wohnzimmertisch und stolperte demonstrativ über einen Packen Zeitungen neben dem Schreibtisch.

Danach beklagte er noch einige Wochen lang Margots unerträglichen Eigensinn und bescheinigte sich selbst, er habe nun wirklich viel Geduld bewiesen; dann zog er aus.

Das war vor acht Monaten. Seither war Margot wieder einmal Single und mehr denn je davon überzeugt, daß sie nie richtig verstehen würde, was in Männern eigentlich vorging.

Was zum Beispiel war gegen einen gut eingetragenen Morgenmantel zu sagen? Sollte sie den Tag etwa in einer Wolke aus Tüll beginnen? War sie vielleicht eine Marzipantrüffel? Eben.

Sie schenkte ihrem Kaffeebecher ein verschmitztes Grinsen, wandte sich endgültig wieder der Gegenwart und der Zeitung zu und betrachtete sich noch einmal das Foto.

Sie kannte Bella Sievers nicht persönlich, hatte sie aber vor etwa vier Wochen hier in Hamburg in einem Restaurant gesehen in Gesellschaft einer Gruppe von mindestens sechs Leuten. Einer davon war Bert.

Margot erinnerte sich genau: sie hatte sich gerade an ihrem ersten Bissen Lasagne die Zunge verbrannt, als Bert an ihren Tisch kam und sie herzlich wie immer begrüßte. «Bist du mal wieder auf der Pirsch?», hatte sie ihn leise gefragt und zu der dunkelgelockten Schönheit in dem teuren Designerkostüm hinübergenickt.

«Es ist alles ganz furchtbar», hatte er zurückgeflüstert und ihr vertraulich zugezwinkert.

Amüsiert konnte sie anschließend von ihrem Nischenplatz aus beobachten, wie Bert und seine Begleiterin unter dem Tisch heimlich Händchen hielten.

Wie hatte er wohl die Nachricht von ihrem Tod aufgenommen? Ob er Genaueres wußte? Bestimmt saß er schon in seinem schicken Chefredakteurssessel und traf bedeutende Entscheidungen. Margot streckte sich und beschloß, ihn anzurufen, sobald ihr Morgenritual beendet war.

2

Herbert Öttings Schreibtisch stand vor einem großen Fenster mit Blick auf die Außenalster. Ein angemessener Ausblick für den Chefredakteur einer bekannten Hamburger Wochenzeitung.

Herbert Ötting war allerdings augenblicklich nicht in der Stimmung, sich an den Segelbooten zu erfreuen, die an diesem schönen Herbsttag in großer Zahl auf der Alster kreuzten.

Er zündete sich den vierten Zigarillo an diesem Vormittag an und sah über seine halbe Brille hinweg angewidert auf seinen Schreibtisch.

Dort lag, genau vor dem Computer und neben einem braunen Glasaschenbecher mit drei zerdrückten Zigarillos, ein toter Maulwurf. Er lag auf dem Rücken und streckte seine vier kurzen Beinchen mit den nackten, langen Zehen von sich. Er sah aus, als habe er noch in der letzten Minute seines Lebens um Gnade gefleht. Augenscheinlich vergebens. Jemand hatte das arme Tier ganz offensichtlich mit einem kräftigen Schlag vom Leben zum Tod befördert, es anschließend in Zeitungspapier gewikkelt und mitten auf diesem Schreibtisch zur vorläufig letzten Ruhe gebettet.

Ötting ließ sich in einen Sessel aus weichem braunem Leder fallen und rückte seine Brille zurecht, die auf der kleinen Nase ständig ins Rutschen kam. Er stützte seinen Kopf in die Hand und holte tief Luft.

Das war ein Tag heute. Erst am Morgen die Nachricht, daß Bella durch Gift ums Leben gekommen war, was unweigerlich Nachfragen, Gerüchte und Klatsch nach sich ziehen würde.

Dann das hier. Ein toter Maulwurf auf seinem Schreibtisch. Was sollte das überhaupt? Welcher Spinner hatte sich das nun wieder ausgedacht und dahinter einen tiefgründigen Witz gesehen?

In einer großen Redaktion gab es immer ein paar Leute, die sich schrill gaben und ständig daran arbeiteten, diesem Ruf gerecht zu werden. Man durfte das nicht überbewerten.

Deshalb hatte er auch nicht die Polizei gerufen. Die hätten doch nur mit den Schultern gezuckt. Er hatte die Haushandwerker angerufen, die «Feuerwehr» für alle unvorhergesehenen Ereignisse, und hatte sie gebeten, das tote Tier wegzuschaffen. Das war vor zehn Minuten. Wo blieben die denn nur?

Ötting stand auf und stellte sich neben den Schreibtisch ans Fenster. Er mußte an Bella denken, und unwillkürlich strich seine Hand über die gelbe Seidenkrawatte mit den zartgrünen Punkten. Bellas letztes Geschenk.

«Sie paßt zu deinen täuschend treuen Rehaugen», hatte sie gesagt. Er hatte mit beiden Händen in ihre braunen Locken gegriffen, sie zu sich herangezogen und sie zärtlich geküßt.

«Wann sehe ich dich wieder?» hatte sie gefragt.

«Sobald es geht, mein Schatz, ich melde mich.»

Aber er hatte sich nicht gemeldet. Sie war es, die ihn ständig in der Redaktion anrief. Öfter, als ihm lieb war, schließlich war er sehr beschäftigt. Außerdem wollte er

Gerede vermeiden. Reni war höllisch eifersüchtig, er mußte vorsichtig sein, sie durfte unter keinen Umständen etwas von dieser Affäre erfahren.

Gut, er war kein Engel. Während seiner zwanzigjährigen Ehe war er immer wieder mal fremdgegangen, aber Reni hatte es nie gewußt. Sie hätte ihn rausgeschmissen, sie war willensstark und konsequent. Sie war sein Hafen, seine Stütze, seine Gewähr für Ordnung, geregelte Finanzen und ein Familienleben, wenn er danach Bedarf hatte. Ein Mann in seinem Alter brauchte eine Ruhezone. Mit seinen zweiundfünfzig Jahren war er eben kein Jüngling mehr, und in ehrlichen Momenten mußte er sich eingestehen, daß immer häufiger die Bequemlichkeit über Sturm und Drang siegte. Nein, nein, an Ehe und Familie war nicht zu rütteln.

All seine heimlichen Freundinnen hatten das verstanden, da konnte er ihnen vertrauen. Manche waren sogar regelrecht gerührt über seine Loyalität der Familie gegenüber.

Bella nicht. Sie war fordernder, ihr fiel das Versteckspielen schwer. Manchmal konnte sie richtig grantig werden, obwohl sie sehr genau wußte, daß er Streit nicht ausstehen konnte. In solchen Situationen verließ er sie einfach wortlos.

Aber meist war es schön mit ihr, weil sie sehr verliebt war und zärtlich und anschmiegsam. Sie schrieb ihm lange, melancholische Briefe in die Redaktion, immer ohne Absender und immer mit dem Vermerk *persönlich*. Zweimal hatte er sich sogar dazu hinreißen lassen, ihr ebenfalls zu schreiben.

Die Briefe! Mein Gott! Hatte sie die etwa aufgehoben?

Die Erinnerung an diese Briefe schoß durch seinen Kopf wie ein Kugelblitz. Der Schreck traf ihn so unverhofft, daß er sich taumelnd gegen die Fensterscheibe lehnen mußte. Die Briefe waren nicht nur glasklare Beweise für sein Verhältnis mit Bella, sie enthielten auch andere sehr persönliche Details. Er hätte sie niemals schreiben dürfen, dachte er, niemals, nie.

Wenn Bella wirklich an Gift gestorben war, würde die Polizei doch unweigerlich Untersuchungen anstellen. Sie würden seine Briefe finden, Fragen stellen, am Ende gar bei ihm zu Hause nachfragen.

Er sah schon die Schlagzeilen der Konkurrenzblätter vor sich. *Bella Sievers heimlicher Geliebter* oder *Liebesdrama in Chefredaktion*. Herbert Ötting nahm die Brille von der Nase und wischte sich über die Augen, während er fieberhaft darüber nachdachte, was er tun konnte. Er mußte sich jemandem anvertrauen, sich mit jemandem besprechen. Margot fiel ihm ein. Margot mit ihrer burschikosen Sachlichkeit und ihrem klaren Verstand. Er mußte sie sprechen, sofort.

Entschlossen stand er auf, sah auf seine Armbanduhr und griff sich seinen Mantel. Noch eineinhalb Stunden bis zur Mittagskonferenz. Das war zu schaffen. Er würde pünktlich zurück sein.

3

Margot war gerade bei dem krönenden Abschluß ihrer morgendlichen Zeitungslektüre, dem Feuilleton, angekommen, als es laut an ihrer Wohnungstür klopfte.

Sie knallte verärgert ihren Kaffeebecher auf den Tresen, glitt langsam von ihrem Hocker, zog den Gürtel ihres gelben Morgenmantels enger und ging in Kampfstellung.

Es klopfte noch einmal. Margot stapfte zur Tür und sah durch den Spion. «Bert?» Sie schob die Sicherheitskette zurück, öffnete und fauchte: «Ist das ein Überfall oder was?»

Herbert Ötting wischte sich den Schweiß von der Stirn, lief wortlos zur Küche und trank den Kaffee aus Margots Becher aus. «Ich bin von der Redaktion hierhergelaufen wie der Teufel, weil ich wenig Zeit habe, aber dich unbedingt sprechen muß. Was ist mit deiner verdammten Klingel los?»

«Abgestellt, damit ich wenigstens in aller Herrgottsfrühe meine Ruhe habe und mir niemand meinen Kaffee wegsäuft.»

«Herrgottsfrühe! Es ist nach elf. Da, trink.» Ötting hatte einen zweiten Becher aus dem Schrank genommen und goß in beide Becher frischen Kaffee. «Oh, vielen, vielen Dank. Darf ich jetzt vielleicht auch meinen kalt gewordenen Toast zu Ende essen?» Margot schob sich wieder auf den Hocker und stippte eine Brotecke in den Kaffee.

Wie ein beleidigtes Kind, dachte Ötting. Jedesmal wenn er Margot sah, fiel ihm auf, daß sie trotz ihrer neununddreißig Jahre wie ein junges, starrköpfiges Mädchen wirken konnte. Seit zehn Jahren verband sie beide eine unkomplizierte, kollegiale Freundschaft, und sie hatten sich in dieser Zeit schon oft gegenseitig aus der Klemme geholfen. Deshalb war er hier, er brauchte Margots Hilfe.

«Du hast also ein Problem», sagte Margot, als habe sie in seinen Gedanken gelesen, «also, schieß schon los, ich bin jetzt empfangsklar.»

«Hast du heute schon in die Zeitung gesehen?» fragte Ötting.

«Klar. Du, Bella Sievers ist tot. Ich wollte dich schon anrufen, weil du sie doch gekannt hast. Da scheint nämlich irgendwas nicht zu stimmen.»

«Deshalb bin ich hier, genau deshalb», antwortete Ötting gedehnt.

«Oh.» Margot betrachtete den Freund schweigend. Er war übernervös, offenbar wahrte er nur mühsam die Fassung. Wieso? Sie entschloß sich zu einem Frontalangriff. «Klingt so geheimnisvoll, als wüßtest du, wer Bella vergiftet hat. Ein Lover vielleicht? Oder Reich-Ranitzki wegen Vergewaltigung der deutschen Sprache? Oder am Ende du?»

«Hör auf, das ist kein Spaß.»

Ötting stützte sich mit den Ellbogen auf den Tresen und vergrub den Kopf in seinen Händen. Margot sah ihn erschrocken an. «Mensch, Bert, hast du denn irgendwas damit zu tun?»

«Natürlich nicht. Aber – wir hatten ein Verhältnis, seit ein paar Monaten schon. Niemand hat was gewußt, wir haben uns auch nicht so oft gesehen. Aber ich habe ihr zwei Briefe geschrieben. Und wenn die Polizei die findet und nicht dichthält, dann weiß es bald alle Welt und vor allem Reni. Du kannst dir vorstellen, was dann los ist.»

Margot konnte nicht glauben, was sie da hörte. War das alles, was diesen Mann bewegte beim Tod seiner Geliebten?

Wütend blitzte sie ihn an mit ihren runden grünen Augen, die ihr unter Freunden den Spitznamen *Katzenkopf* eingebracht hatten. «Herbert Ötting, du bist ein gottverdammter, unverbesserlicher Bock. Aber wenn schon, dann solltest du wenigstens nicht so feige sein. Du trauerst nicht etwa, nein, du hast in erster Linie Angst vor deiner Frau und peinlichen Schlagzeilen. Das finde ich ganz schön mies. Und hör auf zu schlürfen, das bringt mich auf die Palme.»

Sie stand auf und lief am Eßtisch vorbei zu einem breiten, weich gepolsterten Sessel. Am liebsten hätte sie sich darin verkrochen. «Wie kannst du nur ein so herzloser Egoist sein.» Margot kickte die Fernbedienung des Fernsehers vom Sessel und setzte sich. Ötting folgte ihr kleinlaut ins Wohnzimmer und kauerte sich vor sie auf den Teppich.

«Ich bin traurig, glaub mir, sehr traurig, aber wenn meine Familie daran zerbricht, hat niemand etwas davon. Ich bin nun mal kein Held. Laß uns jetzt bitte nicht streiten. Bitte hilf mir. Bitte.»

«Was stellst du dir vor? Soll ich deine verdammten Liebesbriefe aus den Klauen der Polizei befreien?»

Margot stand auf und zog den Gürtel ihres Bademantels enger. Sie ging hinüber zu ihrem Schreibtisch, der vor dem Balkon stand und der Blickfang ihrer Wohnung war. Ein opulentes Erbstück, Eiche natur mit gebogenen Beinen und geschnitzten Rosenmustern an Schubladen und Türrahmen. Margot hing an diesem verschnörkelten Monstrum, das ihr ein Onkel vererbt hatte, als sie noch Schülerin war. An diesem Schreibtisch hatte sie sich aufs Abitur vorbereitet, hatte sie ihre Examensarbeit geschrieben und ihre allererste Reportage.

Hätte Bert sie nicht aufgehalten, würde sie auch jetzt hier sitzen und ihren Artikel fertigschreiben über die neuesten Bemühungen des Hamburger Senats, der Hamburger Universität durch die soundsovielte Strukturreform endlich auch die letzten elitären Flausen auszutreiben. Der Text mußte in spätestens fünf Stunden in der Redaktion des JOURNAL vorliegen. Margot überflog den Zeitplan für den Tag. Wie fast immer hatte sich ihr Zorn ebenso schnell verzogen, wie er sich eingestellt hatte. Ein Freund brauchte ihre Hilfe, was gab's da zu überlegen?

«Hör zu», sagte sie schließlich und wandte sich zu Bert um, der immer noch wie ein zu groß geratenes Bernhardinerbaby vor dem Sessel kauerte, «du richtest jetzt deine übrigens überaus häßliche Krawatte, kehrst in deinen Tempel der Eitelkeiten zurück und gibst dort den Häuptling wie immer. Ich greife mir das Telefon und werde meine in ehrlicher Reporterarbeit errungenen Beziehungen zur Polizei-Pressestelle mobilisieren. Die können mir sagen, wer den Fall übernommen hat, und mit einigem Glück kenne ich den Beamten und kann versuchen, von ihm was in Erfahrung zu bringen.»

«Danke dir, du bist wirklich ein Schatz», sagte Ötting, «ruf mich an, sobald du was weißt, ich bleibe heute sicher lange in der Redaktion, und in jedem Fall warte ich auf deinen Anruf.» Margot reichte ihm seinen Mantel und öffnete die Wohnungstür.

«Ich habe ganz nebenbei auch noch zu arbeiten, falls du es vergessen hast, es wird also schon eine Weile dauern, bis ich mich bei dir melde. Und jetzt hau endlich ab, Casanova.»

Margot schloß die Tür hinter ihm und atmete erst einmal tief durch. Dieser Bert und seine unendlichen Frauengeschichten. In Gedanken zählte Margot die Liste der streng geheimen Konkubinen durch, von denen sie in den zehn Jahren ihrer Bekanntschaft mit Bert erfahren hatte. Es waren zwölf, mit Bella dreizehn.

Die erste in diesem Reigen war Rike, die Buchhändlerin. Margot lernte Bert und Rike gemeinsam kennen während einer Verlagsfete auf der Frankfurter Buchmesse. Rike hing an seinem Arm, als sei sie mit dem doppelten Kreuzstich daran festgenäht. Margot sah Bert fragend an, und er rollte die Augen – die Situation war in Sekunden geklärt.

Dann kam Blacky ins Spiel, Margots alter VW-Käfer. Bert erfuhr, daß Margot an diesem Abend mit dem Wagen gekommen war, und er sah die Chance zu einer waghalsigen Flucht. «Sie müssen mir helfen, bitte», raunte er, als die arme Rike endlich für ein paar Minuten in den Waschraum entschwunden war, «ich will hier raus, und zwar alleine. Geben Sie mir ein Zeichen, wenn Sie gehen wollen. Dann starten Sie Ihren Wagen und warten mit laufendem Motor, bis ich dazukomme.» Mit einem Seitenblick zur Tür reichte er ihr seinen Garderobenschein. «Meine Sachen müssen Sie abholen, das fällt ihr nicht auf. Bitte! Ich drehe dieser Klette den Hals um, wenn ich sie noch länger als zwei Minuten ertragen muß.»

Hatte er das wirklich so gesagt? Doch, ja, Margot erinnerte sich genau, weil sie diesen Satz damals reichlich theatralisch fand. Jetzt, da sie sich daran erinnerte, kam er ihr makaber vor. Aber jetzt wußte sie ja auch, daß Gefährtin Nr. 13 an Gift gestorben war. Unsinn, Margot, ermahnte sie sich selbst, da gibt es keinerlei Verbindung. Immerhin hat Rike den Abend damals überlebt, wenn auch ohne Bert.

Denn Margots Vorliebe für konspirative Aktionen und das gute Gefühl, Rike vor dem Erstickungstod zu bewahren, hatten gesiegt.

Nach einem der saubersten Blitzstarts, den ein achtjähriger VW je hingelegt hatte, flüchtete Margot mit dem aufgedrehten Bert in ihr Hotel. Sie stießen auf ihren gelungenen Coup an, fühlten sich wie Blutsbrüder, rollten sich nebeneinander auf Margots Bett und schliefen zufrieden ein.

Sie hatten es nie ausgesprochen, aber seit jener Nacht war klar: sie würden Freunde sein, Vertraute, Kumpel, aber niemals Sexpartner. So war es bis heute geblieben. Sie telefonierten oft miteinander, und wenn sie sich trafen, tauschten sie ihre Freuden und ihre Kümmernisse aus in dem sicheren Vertrauen, daß ein Dritter nie davon erführe. Und in der Gewißheit, daß einer dem anderen helfen würde, wenn er in eine Klemme geriet. So wie jetzt.

Margot pellte sich entschlossen aus ihrem Morgenmantel und lief ins Schlafzimmer, um sich anzuziehen. Es war höchste Zeit, endlich mit der Arbeit zu beginnen. Sie schlüpfte eilig in Jeans und Bluse, legte wie gewohnt ein wenig Lip-Gloss auf und bürstete ihre Haare mit einigen energischen Strichen glatt. Genauso, wie es Harald nie gemocht hatte. Margot grinste ihr Spiegelbild an und zog sich mit dem Zeigefinger eine Strähne in die Stirn. Das mußte reichen für heute. Es würde ein langer Tag werden, und während Sie ihre Bluse zuknöpfte, machte sie in Gedanken schon eine Liste der wichtigsten Telefonate.

4

Während Herbert Ötting im Laufschritt zu seiner Redaktion zurückeilte und sich dabei sorgenvoll fragte, wieviel Bereitschaft zur Diskretion er von der Polizei einfordern könne, saß Kommissar Bernd Zazek auf einem zweisitzigen englischen Sofa in einer ihm unbekannten Wohnung und dachte über eine ihm ebenfalls unbekannte Tote nach.

Bella Sievers, 42 Jahre, gestorben in Berlin, gelebt in Hamburg. Bernd Zazek ließ sich tiefer in die weichen Daunenkissen des Sofas sinken. Seine Hände fuhren anerkennend über den zarten Stoff. «Edel», sagte er zu sich selbst, «edel und teuer.»

Die Sitzgruppe stand vor einem kleinen Kamin, in dem drei unbenutzte Holzscheite lagen. Die wird sie nun nicht mehr anzünden, dachte Zazek, und er versuchte den Gedanken an den toten Körper zu verdrängen, der jetzt vergiftet in einer kühlen Leichenhalle lag.

Gift als Todesursache stand inzwischen außer Zweifel, das hatten Leichenschau und Laboruntersuchungen ergeben.

Klar war auch, daß Bella Sievers die tödliche Substanz sechs bis acht Stunden vor ihrem Tod geschluckt hatte.

Zazek wühlte in seinen Manteltaschen, suchte in der Jacke nach dem grünen Zettel aus der Gerichtspathologie, auf dem der ellenlange lateinische Name des Giftes stand. Eines tückischen Giftes, wie ihm der Pathologe erklärt hatte. Es verursacht weder Krämpfe noch Übelkeit. Seinen Opfern bleibt nach Stunden einfach das Herz stehen. Sie fallen um und sind tot. In den Taschen war der Zettel nicht, also lag er im Büro. Auch gut, dachte Zazek, das Wesentliche habe ich sowieso im Kopf. Er fingerte ein Taschentuch aus seinem braunen Wintermantel und schneuzte sich. Er hatte sich eine Grippe eingefangen und war hundemüde. Wenn er noch lange zwischen diesen weichen englischen Daunen sitzenblieb, würde er einschlafen. Seit er die Fünfzig überschritten hatte, verkraftete er den berufsbedingten Schlafmangel nicht mehr so gut.

Kommissar Zazek gab sich einen Ruck, strich über seinen noch vollen grauen Haarschopf und stand entschlossen auf. Links neben dem Sofa stand ein wuchtiger Schreibtisch, der voll beladen war mit Papieren, Heften, Büchern und Ablagekästen.

Zu dem, was er nun zu tun hatte, mußte Zazek sich jedesmal neu überwinden. Er würde jedes Papier betrachten, jeden Brief lesen, Kontoauszüge und Rechnungen studieren, Namen und Telefonnummern notieren – und derjenige, der dies alles im Schutz seiner vier Wände geborgen glaubte, konnte sich nicht mehr dagegen wehren.

In einem silbernen Bilderrahmen steckte ein Foto, das Bella Sievers mit einer jungen Frau zeigte, die ihr im Typ sehr ähnelte. Zazek nahm das Foto aus dem Rahmen und betrachtete es nachdenklich. Eine offenbar erfolgreiche Schriftstellerin und augenscheinlich attraktive Frau stirbt mit zweiundvierzig Jahren an Gift. Hatte eine solche Frau Grund, sich selbst zu vergiften? Oder hatte jemand anderes ein Motiv, ihr Gift zu verabreichen, es ihr vielleicht unter das Essen zu schmuggeln oder in ein Getränk zu mischen?

«Ich muß dich genau kennenlernen, Mädchen», sagte Zazek zu dem Foto, als wolle er sich dafür entschuldigen, daß er in dieser Minute damit beginnen würde, in jedem Winkel ihrer Intimsphäre herumzuwühlen. Er schob das Foto in seine Brieftasche, lief quer durch das Zimmer und blieb vor einem weißen Einbauschrank stehen. Hiermit würde er anfangen.

Kommissar Zazek bückte sich und öffnete die oberste Schublade.

5

Herbert Ötting hatte es gerade noch pünktlich geschafft. Er atmete tief durch und betrat den Konferenzraum, wo sich die Leiter der einzelnen Ressorts schon um den großen ovalen Tisch versammelt hatten.

Ötting setzte sich wie üblich ans Kopfende. Das Gemurmel verstummte, alle Augen richteten sich auf ihn in Erwartung der gewohnten Begrüßungsfloskeln.

«Liebe Kollegen, guten Tag und auf ein neues», begann er. «Wir wollen keine Zeit verlieren, ich muß außerdem heute, wenn möglich, ein bißchen früher Schluß machen. Es geht wie immer los mit der Innenpolitik. Was habt ihr für uns, Klaus?»

Klaus Dahl, der rechts von Ötting saß, trug routiniert die Vorschläge seines Ressorts für die nächste Ausgabe der TRIBÜNE vor.

Ein Bonner Minister hatte mit seiner Geliebten ein Kind gezeugt, obwohl er noch stramm verheiratet war. Dazu das Exklusiv-Foto des Säuglings samt Mutter. Ohne brauchbare Fotos dagegen der Skandal um einen Millionenbetrug am Bau in Berlin. Eine bunte Story verspricht die Adelshochzeit in Bayern zu werden, viel Folklore und Prominenz. Klaus Dahl hatte seinen Vortrag beendet und wartete nun auf weitere Order.

«Hat jemand eine Anmerkung dazu?» fragte Ötting und sah in die Runde. «Wenn nicht, dann schlage ich vor, wir nehmen auf jeden Fall den Minister ziemlich weit vorn mit zwei Seiten. Die Sache in Berlin hat noch zu wenig Fleisch, aber da bleibt ihr bitte dran. Die Bayernhochzeit ist gekauft. Viele Fotos, wenig Text. Da soll sich aber die Münchner Redaktion drum kümmern.»

Als nächstes war Maja Liebig dran vom Ressort Gesellschaft und Modernes Leben. Ötting ahnte, daß es jetzt für ihn schwierig werden würde. Der ungeklärte Tod von Bella Sievers mußte ein Thema für dieses Ressort sein, es ließ sich nicht verhindern.

Maja Liebig, Mitte Vierzig und wegen einiger Kilo Übergewicht immer in weitwallende Röcke und Blusen gehüllt, nahm von einem Papierstapel vor sich das oberste Blatt und schwenkte es in Richtung Chefredakteur. Es war eine Kopie des Artikels, den Ötting schon kannte. «Wie starb Bella Sievers wirklich?»

Maja war eine gute Journalistin, eine sehr gute Autorin und eine besonders gute Menschenkennerin. Ötting bildete sich ein, daß sie ihn aufmerksam fixierte. Er mußte jetzt die richtigen Weichen stellen, damit ihm die Sache nicht entglitt.

«Wir haben mehrere Themen heute, aber das hier müssen wir als erstes klären, weil's pressiert. Da steckt viel Recherche drin», sagte Maja.

«Wahrscheinlich habt ihr alle schon von diesem Todesfall gehört. Die Sievers war zwar nicht gerade eine PEN-Autorin, hat solche Rührstücke geschrieben wie ‹Ich halte durch›, aber der Fall ist schon interessant. Eine schöne Szenefrau stirbt an Gift – klassisch. Die Bildredaktion schürft schon nach Fotos, aber jetzt muß jemand direkt ran an die Familie, die Kripo, die Freunde. Noch ist ja nicht mal klar, ob es Selbstmord war oder Mord, aber das kann sich schnell ändern. Wen setzen wir darauf an, Herbert?»

Ötting hatte sich betont gelassen zurückgelehnt und mit gegeneinander gespreizten Fingern augenscheinlich aufmerksam zugehört. Tatsächlich war ihm gerade die einzig rettende Idee gekommen, und er wunderte sich, daß er nicht schon vorher daran gedacht hatte. Natürlich mußte Margot die Story recherchieren und schreiben, niemand anders kam dafür in Frage. Sie hatte schon mehrfach als freie Autorin für die TRIBÜNE gearbeitet, das würde also niemanden verwundern. Margot ins Spiel zu bringen war nur eine Frage der richtigen Taktik. Laut sagte er: «Das wär doch was für den Dieter Steinbrenner.»

«Der kommt erst übermorgen aus den USA zurück», entgegnete Maja, «ich schlage Uta vor.»

Ötting nahm sich Zeit mit der Antwort. «Muß die nicht ihre Lifestyle-Serie vorbereiten?» fragte er schließlich, «davon habe ich bis jetzt noch nichts gesehen und gehört, wird übrigens mal Zeit. Nein, nein, das reißt Uta raus, das bringt nichts. Was ist in diesem Fall mal mit einem freien Autor? Mit wem haben wir denn gute Erfahrungen gemacht in letzter Zeit?»

Ötting lehnte sich wieder zurück und fixierte seine Kollegen. Wenigstens einem würde doch Margot einfallen müssen. Sie hatte erst vor einem knappen Monat eine fabelhafte Geschichte zu den heimlichen Geliebten katholischer Priester im Blatt. Feinfühlig geschrieben, wasserdicht recherchiert. Alle hatten diese Arbeit in den höchsten Tönen gelobt. Aber jetzt schien niemandem etwas einzufallen. Ötting wurde ungeduldig. «Laß uns das nach der Sitzung klären», sagte er zu Maja, «wir machen jetzt besser weiter, sonst sitzen wir morgen früh noch hier.» Es dauerte noch eine quälende Stunde, bis endlich alle Ressortleiter ihre Themen vorgeschlagen hatten.

Ötting erhob sich schwerfällig. Seine Glieder fühlten sich an, als seien sie mit Blei beschwert, sein Kopf brummte.

Automatisch griff er in seine Jackettasche und fingerte ein Pfefferminzbonbon heraus. Er lutschte diese Dinger wo er ging und stand. Immer die gleiche Sorte, kleine runde Bonbons, eingewickelt in dunkelgrünes Papier. Angefangen hatte er damit, als er sich das Zigarettenrauchen abgewöhnte und auf Zigarillos umgestiegen war. Als Ersatz lutschte er eben, schließlich waren Pfefferminzbonbons immer noch gesünder als Zigaretten.

Auf dem Weg zu seinem Büro überdachte Ötting die nächsten Schritte. Als erstes mußte er Margot anrufen, damit sie sich die nächsten Tage freihielt. Dann mußte er Maja seine Entscheidung für Margot als Autorin möglichst diplomatisch schmackhaft machen. Drittens mußte er unbedingt in Erfahrung bringen, was die Polizei nach Bellas Tod nun eigentlich unternahm und wie groß die Gefahr war, daß dabei allzu private Details bekannt wurden.

Als Ötting die Tür zu seinem Büro öffnete, stellte er erleichtert fest, daß der tote Maulwurf nicht mehr auf dem Schreibtisch lag. Wenigstens das wäre vom Tisch, dachte er und mußte sogar lächeln wegen des Wortspiels.

Entschlossen setzte er sich hinter seinen Schreibtisch und begann zu telefonieren.

Eine Viertelstunde später flog seine Tür auf. Ötting sah bestürzt eine Frau auf sich zustürmen, die er einen Herzschlag lang für Bella hielt. Die gleichen dunklen, halblangen Locken, die gleichen großen, ausdrucksvollen Augen. Selbst der Mantel kam ihm bekannt vor. Die Frau blieb so dicht vor ihm stehen, daß er ihr Parfum riechen konnte: Bulgari, Bellas Lieblingsparfum.

«Was starrst du mich so an», sagte Sylvia Sievers, «du konntest dir doch wohl denken, daß ich so schnell wie möglich hierherkommen würde, nach allem, was mit meiner Schwester passiert ist.»

Ötting schloß die Augen und neigte den Kopf nach hinten. Er sah aus, als schickte er ein Stoßgebet zum Himmel. «Ich dachte im ersten Moment, ich sehe sie leibhaftig vor mir stehen. Mußt du unbedingt auch noch den gleichen Mantel tragen und das gleiche Parfum benutzen?»

«Wir haben das immer so gehalten, das weißt du doch. Und es hat dir auch immer gefallen, oder?» Sylvia trat noch einen Schritt auf ihn zu, legte ihre Hand auf seinen Arm und sah ihm direkt in die Augen. Ötting schob die Hand unsanft beiseite und drehte sich zum Fenster. «Spielt das jetzt noch eine Rolle?» fragte er und starrte weiter nach draußen auf das leicht gekräuselte Wasser der Außenalster. Offenbar kam ein Wind auf. Die Nachmittagssonne hatte sich hinter eine dicke graue Wolke verzogen. «Wer weiß», antwortete Sylvia gedehnt, «ich dachte, es tut uns gut, wenn wir uns sehen und über Bella sprechen können. Darüber, wie sie gelebt hat und wie sie gestorben ist. Wir könnten darüber sprechen, wer sie ermordet hat.»

Ötting drehte sich entsetzt zu ihr um. Etwas in ihrer Stimme hatte drohend geklungen.

«Du glaubst also, sie wurde ermordet?» fragte er und versuchte dabei möglichst ruhig zu bleiben.

«Aber sicher. Meine Schwester hätte sich niemals umgebracht. Sie war nicht der Typ, der klein beigibt. Das müßtest du doch wissen. Dich hätte sie auch noch geschafft mit der Zeit. Aber jetzt ist sie ja vergiftet.»

«Das klingt beinahe, als hätte ich etwas damit zu tun. Du bist ja nicht ganz dicht.»

«Vor allem bin ich nicht ganz blöd.» Sylvia klang jetzt wütend. «Ich weiß alles über euch. Auch, daß sie dich in die Enge getrieben hat und daß du geradezu panisch geworden bist. Die zwei Briefe hier, die du ihr geschrieben hast, sind sehr aufschlußreich.» Sylvia zog zwei weiße Couverts aus ihrer Handtasche und wedelte damit. «Das hier sind natürlich Kopien. Stell dich also gut mit mir, sonst ...»

«Sonst was?» unterbrach Ötting sie aufgebracht. «Du willst mich erpressen, du mieses Stück. Ich frage erst gar nicht, was du willst, weil du es nicht von mir bekommst, egal was es ist. Ich habe Bella nicht umgebracht. Eher warst du es, aus Eifersucht und Neid, weil du ihr nie das Wasser reichen konntest, da konntest du sie kopieren, soviel du wolltest. Und jetzt verschwinde hier.»

Sylvia war schneeweiß geworden. Mit zittrigen Händen stopfte sie die Briefumschläge in ihre Tasche zurück und lief ohne ein weiteres Wort aus dem Zimmer. Die Bürotür flog mit einem lauten Knall zu. Mit rotem Kopf blieb Ötting in der Mitte des Zimmers zurück und starrte auf den grauen Teppichboden.

6

Margot stand in ihrem Badezimmer vor dem Spiegel und betrachtete ihr frischgewaschenes, ungeschminktes Gesicht.

«Notieren Sie», sagte sie zu einer imaginären Sekretärin, «Hautfarbe: rosig, dank ausgiebiger Dusche. Augenpartie: leichte Schatten zur Nase hin wegen zuviel Streß, besonders heute. Lippen: sattes Naturrot, voll, bei Bedarf sinnlich, momentan leider kein Bedarf.»

Das Telefon läutete. Margot beschloß, ihren Anrufbeantworter seine Pflicht tun zu lassen. Aus dem Wohnzimmer hörte sie schwach das Knarzen ihrer Ansage, danach das übliche Piepsen und Knacken. «Frau Thaler ist zu Tisch», sagte Frau Thaler zu ihrem Spiegelbild, das sie verschwörerisch angrinste. Margot nahm sich mit bemerkenswerter Sturheit dann ihre Pausen, wenn sie Pausen brauchte. So wie sie sich jetzt diese knappe Stunde gönnte, um auszuspannen, ihre verkrampfte Nackenmuskulatur zu lockern und ihre Gedanken zu sortieren.

Mit Behagen zog sie frische Unterwäsche an und eine saubere Bluse. Jetzt noch in Jeans und Schuhe schlüpfen, und sie war wie neu geboren.

Sie ging zur Küche, goß sich einen Orangensaft ein, ließ sich auf dem Barhocker am Küchentresen nieder, zündete eine Zigarette an und überdachte, was der Tag bisher gebracht hatte.

Am Vormittag, nachdem Ötting endlich gegangen war,

hatte sie den Artikel über die Uni-Reformen fertiggestellt und es sogar noch geschafft, ein Exposé zu einem neuen Thema zu schreiben. Letzteres allein schon wegen ihres chronisch schwachen Kontostandes. Sie hatte Manuskript und Themenvorschlag am frühen Nachmittag in die Redaktion gefaxt, und wenig später hatten sie ihr das O. K. zurückgefaxt. Segen der Technik. In ihren Anfangsjahren hätte sie den Text durchtelefonieren oder selbst hinbringen müssen. Nachdem sie also ihre Brötchen für heute verdient hatte, konnte sie sich dem mysteriösen Tod der schönen Bella und den damit für Bert verbundenen Problemen zuwenden.

Als erstes hatte sie die Pressestelle der Polizei angerufen, was sie aber auch hätte bleibenlassen können, denn ihr lieber alter Kollege Jürgen Knuth verbeamtete offenbar im gestreckten Galopp. In beinahe rührend anmutenden Windungen mühte er sich ab, sie einerseits nicht abzuwimmeln, ihr aber andererseits möglichst wenig zu sagen.

Der Fall sei brandheiß, gerade erst auf den Tisch gekommen. Der Bearbeiter? Ja, also, genau wisse er das auch nicht. Ja, er werde nachfragen. Mord oder Selbstmord? Dazu könne man nun wirklich noch nichts sagen. Gift? Ja. Aber welches, das wisse er nicht. Ja, da werde er auch nachfragen. Für wen sie das denn recherchiere? Ach so, für die TRIBÜNE. Na gut, er werde zurückrufen.

Margots zweiter Anruf im Eilfall Ötting hatte ihr einige Erkenntnisse über das Privatleben der Bella Sievers beschert.

Quelle der Erkenntnis war Barbara Bätsch, Lektorin und verhinderte Bestsellerautorin. Margot hatte Barbara im vergangenen Jahr im JOURNAL vor den gemeinen, wenn auch sachlich nicht ganz unrichtigen Attacken eines Autors in Schutz genommen. Der Autor drohte damals, den Verlag zu verlassen, wenn seine Manuskripte weiterhin von dem angeblich selbstherrlichen Lektorat der Bätsch verunstaltet würden. Nun neigte die Bätsch in der Tat zur Selbstüberschätzung. Aber besagter Autor stand ihr darin in nichts nach, und verunstalten konnte man seine Texte insofern nicht, als sie es von vornherein waren. Als der gekränkte Literat in seinen Angriffen unter die Gürtellinie geriet, hatte Margot Partei für die bedrängte Barbara ergriffen.

Jetzt konnte die sich revanchieren, indem sie alles ausplauderte, was in Verlagskreisen an Gerüchten und Fakten um Bella Sievers kursierte. Zusammengefaßt war das Folgendes:

Die Sievers war ehrgeizig und zielstrebig. Sie war immer auf den richtigen Partys und peilte immer die richtigen Männer an, «wenn Sie verstehen, was ich meine». Wodurch sie nie Probleme hatte mit dem Veröffentlichen ihrer Texte und der dazugehörigen PR für sich selbst.

«Mal ein Verleger, mal ein Journalist, mal ein Stadtrat, sie hat sich gegriffen, was im Programm gerade anlag», sagte die Bätsch. «Sie sah ja toll aus.» Margot hatte grinsen müssen. Die Bätsch tat angewidert, aber hätte sie nur gekonnt, sie hätte es auch so gemacht.

Ob die Sievers eine gute Schriftstellerin war? Na ja, nicht besser und nicht schlechter als andere auch. Aber sie konnte sich eben verkaufen.

«Wie andere auch», hatte Margot geantwortet, aber da war die Bätsch schon bei der Schwester angekommen.

«Ihr Anhängsel», wie sie es ausdrückte. Äußerlich ganz

ähnlich, aber sonst ein armes Schwein. Wie das? Na, verkniffen, unsicher, unglücklich verheiratet mit dem einzigen Mann, den ihr die Schwester mal nicht weggeschnappt hatte. Und trotzdem hat sie an ihr geklebt wie ein Schatten, hat sich sogar immer genau gleich angezogen. Armes Weib, diese Sylvia. Nachname? Göbel oder Göpel oder so ähnlich.

Margot hatte der Kopf geraucht nach diesem Telefonat, Ratsch und Tratsch und Gift und Galle. Die Bätsch war ein Kotzbrocken. Aber in diesem Fall ein nützlicher.

Im Hamburger Telefonbuch gab es drei Spalten Göbels, aber nur eine Handvoll Göpel. Beim dritten Testanruf hatte Margot immerhin einen Teilerfolg. Auf ihren Spruch «kann ich bitte Sylvia Göpel sprechen», antwortete eine genervte Männerstimme: «Nee, könnense nich. Die wohnt nich mehr hier.»

«Wo denn?»

«Bin ich die Auskunft oder was?»

«So können Sie mit einer Behörde nicht reden», konterte Margot und genehmigte sich beiläufig die klitzekleine Amtsanmaßung.

Erwartungsgemäß hatte die Männerstimme verunsichert reagiert. «Wieso Behörde?»

«Es geht um eine Erbschaft, mehr darf ich Ihnen nicht sagen. Aber wir müssen Frau Göpel erreichen. Können Sie uns nun weiterhelfen oder nicht?» Er konnte es wenigstens zum Teil. Wo seine Ex zur Zeit wohne, wisse er nicht, aber wir sollten mal bei dem Anwalt anrufen, bei dem sie halbtags arbeite. Vielleicht daß der …

Die «Behörde» bedankte sich und wurde bei der Sekretärin des Anwalts fündig. Sylvia Göpel? Nein, die arbeite hier nicht mehr. Ja, eine Telefonnummer gäbe es da schon, aber dürfe man die denn einfach ... na ja, wenn es sich um eine Erbschaft handele.

Margot hatte sofort die genannte Telefonnummer angewählt und so die Bekanntschaft von Gisela Nehling gemacht, einer, wie sich bald herausstellen sollte, sprudelnden Quelle von Informationen aller Art. Sie diente beiden Schwestern als Putzfrau, «der Frau Sylvia dienstags und mittwochs und der armen Frau Bella» – hier kam ein tiefer Seufzer durchs Telefon – «montags und donnerstags und manchmal abends, wenn sie Gäste hatte. Ach Gott, ach Gott, die arme Frau Bella.» Margot hatte ihrerseits beteuert, wie schrecklich das alles sei und wie gut sie verstehen könne, daß Frau Nehling sich jetzt besonders um Frau Sylvia kümmern müsse. Die sei jetzt endlich mal für ein paar Stunden an die Ostsee gefahren, um auf andere Gedanken zu kommen. Mit diesem netten Herrn König, der ja auch schon vorher immer mal vorbeigekommen sei. So ein freundlicher Mann.

Es hatte Margot nicht viel Überredungskunst gekostet, sich mit Gisela Nehling auf einen Kaffee zu verabreden. Treffpunkt 16 Uhr 30 am Alsteranleger Alte Rabenstraße. Das war ganz in der Nähe von Berts Redaktion, sie würde danach noch bei ihm vorbeigehen und ihm berichten.

Margot sah auf die Uhr. Schon nach vier, und dieser verdammte Knuth von der Polizei-Pressestelle hatte noch nicht zurückgerufen. Egal, sie mußte jetzt los, sie konnte ihn auch vom Café aus noch mal anrufen. Die selbstverordnete Pause war beendet. Sie trank den Rest Orangensaft aus, zog ihr Jackett über, vergewisserte sich, daß der Anrufbeantworter eingeschaltet war, und ging.

7

An der Alster war es schon recht frisch an diesem Septembernachmittag. Die Sonne schickte ihre letzten Strahlen über das Wasser, das ständig in glitzernder Bewegung war.

Wie immer, wenn sie dort am Ufer stand und auf die Silhouette der Hamburger Altstadt gegenüber blickte und auf die gepflegten Jugendstilvillen an der Uferpromenade, gratulierte sich Margot dazu, in Hamburg leben und arbeiten zu können. Sie genoß die Schönheit und Lebendigkeit dieser Stadt jeden Tag.

Entspannt lief sie jetzt am Wasser entlang, streifte die herabhängenden Zweige der Trauerweiden, freute sich an den Herbstblumen auf der riesigen Liegewiese, die sich zwischen Alster und Straße erstreckte, und gelangte schließlich zu dem hölzernen Steg an der Alten Rabenstraße, dem Anleger für die weißen Alsterdampfer.

Es war kurz nach halb fünf. Margot sah sich suchend um. Sie hatte keine Ahnung, wie die Frau aussah, mit der sie hier verabredet war.

Auf dem Steg spielten zwei Kinder. Ihre Mütter lehnten daneben am Geländer und unterhielten sich.

Ein älteres Ehepaar studierte die Abfahrtszeiten der Dampfer. Sie trugen beide derbe, bequeme Schuhe, der Mann hatte einen Fotoapparat um den Hals hängen. Touristen offenbar, die intelligent genug waren, sich mehr als nur die Reeperbahn anzusehen.

Auf der anderen Seite des Anlegers sah Margot eine Frau stehen, die ebenfalls jemanden zu suchen schien. Margot ging auf sie zu und stellte sich vor.

«Margot Thaler. Haben wir vor kurzem miteinander telefoniert?» Die Frau lächelte und streckte Margot die Hand hin. «Ich bin Gisela Nehling», sagte sie, «ach, ich bin ja richtig froh, mal mit wem über die arme Frau Bella reden zu können. Ich nenne sie immer Frau Bella und Frau Sylvia, weil sie doch beide Sievers heißen. Na ja, jetzt ja nicht mehr, wo ja das passiert ist.» Bekümmert schüttelte sie den Kopf.

Sie war klein, höchstens eins sechzig, zierlich und mindestens Ende Fünfzig. Sie trug einen braunen Mantel mit einem Samtbesatz am Kragen, braune Schnürschuhe und eine beige Umhängetasche. Ihre blonden kurzen Haare sahen gefärbt aus.

«Beide hießen Sievers?» hakte Margot nach. «Ich dachte Sylvia heißt Göpel.»

«Na, sehr gut können Sie die aber nicht kennen, wenn Sie das nicht mal wissen», antwortete Frau Nehling und kniff die Augen ein wenig zusammen. Margot beschloß, ihr die Wahrheit zu sagen. «Ehe wir weiterreden, will ich Ihnen sagen, daß ich Journalistin bin. Bella Sievers ist auf eine ungewöhnliche Weise gestorben, und ich versuche, die Zusammenhänge in Erfahrung zu bringen. Ich bin sicher, daß das auch in Ihrem Sinne ist.»

«Ach, die arme Frau Bella, daß sie so in die Zeitung kommen muß», klagte Frau Nehling. «Selbstmord war das keiner, das können Sie schreiben. Kein Selbstmord, nee, da war sie der Typ nich für.»

Margot schlug vor, in das Café unmittelbar neben dem

Steg zu gehen und sich dort in Ruhe zu unterhalten. Sie setzten sich an einen der runden Tische am Fenster und bestellten heißen Kakao.

Eine Stunde später hatte Margot gut zehn Seiten in ihrem Notizbuch vollgeschrieben. Ein ergiebiger Kaffeeklatsch. Mit sichtlichem Wohlbehagen hatte Frau Nehling drei Becher Kakao geschlürft, eine Apfeltorte mit Sahne gegessen und anschließend einen Verdauungscognac gebraucht. Dazwischen hatte sie erzählt, was sie über die Schwestern wußte. Margot steckte zufrieden Block und Stift in ihre Handtasche. «Sie haben mir sehr geholfen, Frau Nehling, vielen Dank.»

«Da nicht für, hab ich gern gemacht, soll ja auch allens richtig in die Zeitung, ne.»

Gisela Nehling war aufgestanden und schüttelte Margot freundschaftlich die Hand. Sie holte ein buntes Tuch aus dem Ärmel ihres Mantels, band es sich um den Hals und zog den Mantel an.

«Ich rufe Sie in den nächsten Tagen an», sagte Margot beim Hinausgehen, «vielleicht hat ja eine von uns beiden dann Neues zu berichten. Wir bleiben in Kontakt. Jetzt muß ich schnellstens los. Danke nochmals.»

8

Im Dauerlauf trabte Margot ein kurzes Stück an der Alster entlang, überquerte die Wiese und anschließend die Straße.

Zwei Häuserblocks weiter blieb sie atemlos vor dem Verlagshaus stehen, in dem die Redaktion der TRIBÜNE residierte. Der Pförtner meldete sie bei Bert an, dann ließ er sie in die heiligen Hallen ein. Der Fahrstuhl brachte Margot in die sechste Etage, wo die Teppiche dicker und die Büros größer waren als in den Fluren für das redaktionelle Fußvolk.

Hier oben residierten die Herausgeber der TRIBÜNE, der Chefredakteur und sein Stellvertreter. Wer hier vorgelassen wurde, war entweder prominent oder wichtig, oder er gehörte dem verschworenen Clan der Edelfedern an, die gelegentlich auf ein Glas *Veuve* hereinschauten.

Margot wußte, daß Bert diese Besuchs- und Beweihräucherungsrituale bestens beherrschte. Ihn trieb die Angst an, vergessen zu werden, nicht mehr genannt zu sein, seinen Namen nicht mehr gedruckt zu sehen. Er wollte geliebt und bewundert werden und nie mehr arm sein. Margot wußte um seine Kindheit, die geprägt war von Mangel. Der Vater war früh gestorben, und die verbitterte, stets sorgenvolle Mutter blieb mittellos zurück mit drei kleinen Kindern. In Berts Erinnerung bestand diese Kindheit aus Not und Scham, aus gestopften Socken, mehrfach gewendeten Hosen und dem Spott anderer Kinder.

Während sie im Fahrstuhl der Chefetage entgegenglitt, dachte Margot an den Abend vor sechs Jahren, als Bert ihr von diesen dunklen Erinnerungen berichtet hatte. Sie kannten sich damals schon mehrere Jahre, aber erst an jenem Abend wurden sie wirklich Freunde. Margot wußte daher auch von seinen wechselnden Freundinnen, und manches Mal schon hatte sie ihn gedeckt. Von Bella allerdings hatte er ihr nichts gesagt. Warum eigentlich nicht? Was war anders? Hatte Bella ihm angst gemacht? Und welches Mittel wäre ihm dann wohl recht gewesen, um die lästige Geliebte loszuwerden, die ihn bloßzustellen drohte und seine materiellen Ängste weckte? Margot schämte sich sofort für diese Gedanken.

Als sich die Tür des Fahrstuhl lautlos öffnete, lief sie eilig auf Berts Büro zu.

Er saß am Schreibtisch, hatte den Kopf in die Hände gestützt und sah auf, als sie hereinkam. Er wirkte abgespannt und besorgt. Vor ihm lagen zwei weiße Briefumschläge und mehrere handbeschriebene Blätter, in denen er offensichtlich gerade gelesen hatte.

«Da bist du ja endlich. Du bist wirklich der einzige Mensch, den ich im Moment sehen will», sagte er und streckte ihr müde die linke Hand entgegen. Er tat Margot leid, wie er da so hilflos saß in Angst um seine Ehe, seinen Ruf, seine Beliebtheit. Wenn es ihm schlechtging, war sein linkes Auge immer etwas größer als das rechte. Er seufzte. «Bellas Schwester war bei mir. Sie glaubt, ich hätte Bella umgebracht. Sie hat geschrien und getobt, bis ich sie rausgeschmissen habe. Glaubst du auch, daß ich ein Mörder bin?»

Margot setzte sich auf die Lehne seines Sessels und

faßte ihn um die Schultern. Sie antwortete nicht auf seine Frage. «Ich habe mit der Putzfrau gesprochen», sagte sie statt dessen. «Und mit der Bätsch, dieser Lektorin, du weißt schon. Deine Liebste war ganz schön zielstrebig und berechnend. Aber davon stirbt man normalerweise nicht. Interessant, geradezu beneidenswert, wieviel sie mit ihrer Schreiberei verdient hat. Sie hatte eine teure Eigentumswohnung, hat ihre Schwester mitfinanziert, und dann reichte es sogar noch für ein Ferienhaus in der Schweiz, im Tessin, um genau zu sein. Sie hat es erst wenige Wochen vor ihrem Tod gekauft.»

Ötting sah überrascht auf. Beinahe erschreckt, fand Margot.

«Was ist?» fragte sie, «was ist dir gerade in die Glieder gefahren? Hat es was mit dem Haus im Tessin zu tun?»

«Na ja», sagte er vage, «es wundert mich nur. Sie hat es nie erwähnt.»

«Soll das heißen, daß du nichts davon wußtest?»

«Ich hatte keine Ahnung.»

Margot bemerkte, daß er einen kleinen Moment zögerte, als sei ihm gerade etwas eingefallen.

«Komm, mein Bester, entweder du rückst jetzt mit allem raus, oder ich nehme meinen verdienten Feierabend», sagte sie energisch.

Ötting stöhnte. «Mein Gott, Bella hat halt in ihrer Verliebtheit ein paar romantische Ideen gehabt. Gedankenspielereien, Utopien. Sie stellte sich gerne vor, wie wir beide bei strahlend blauem Himmel Hand in Hand auf einer Parkbank sitzen und aufs Wasser schauen.»

«Allmächtiger.» Margot sah Ötting mit halbgeöffnetem Mund und großen Augen an. Die arme Frau, dachte sie, mußte im gestandenen Alter von vierzig Jahren den Verstand verloren haben. Andererseits, Leute, die sie kannten, schilderten Bella Sievers als eine zielstrebige, karrierebewußte, starke Frau. Konnten sich solche Charaktereigenschaften in Luft auflösen, nur weil die Frau verliebt war? Margots Mitleid wich allmählich einem Verdacht.

«Für dich waren Parkbank, Blick aufs Wasser und blauer Himmel romantische Utopien», sagte sie nachdenklich, «für eine Frau wie Bella Sievers waren das möglicherweise ganz realistische Ziele, die sie anstrebte und erreichen wollte. Folgerichtig kaufte sie schon mal das Haus in der Schweiz.»

«Na, das fehlte noch.» Ötting war so empört, als habe ihm jemand einen unsittlichen Antrag gemacht. «Ich habe ihr immer gesagt, daß ich niemals meine Familie verlasse. Niemals. Sogar noch vor zwei Wochen, als wir uns das letzte Mal gesehen haben, habe ich das klargestellt.»

«Habt ihr euch deshalb gestritten bei eurer letzten Begegnung?» fragte Margot.

«Gestritten eigentlich nicht. Aber sie wollte, daß ich sie zu dieser Lesung nach Berlin begleite. Das habe ich abgelehnt. Wie hätte ich das Reni erklären sollen. Außerdem hätte ich es auch zeitlich schlecht einrichten können. Nein, ich wollte nicht, und sie fragte dann, wie ich mir das weiter vorstelle.»

«Und was hast du geantwortet? Versuche, dich an den genauen Wortlaut zu erinnern.»

Ötting strich sich mit der Hand über die Stirn. Das Gespräch war ihm unangenehm. Er sah, wie Margot ihn mit ihren grünen Katzenaugen fixierte, und hatte plötzlich Angst, ihre Sympathie zu verlieren.

«Ich wollte sie nicht verletzen. Sie sollte verstehen, daß unsere Beziehung nur heimlich lief oder gar nicht, aber ich mochte sie ja auch.»

«Wie nett von dir.»

Margots Augen funkelten jetzt angriffslustig. Auch wenn sie und Ötting schon viele Jahre befreundet waren, verabscheute sie ihn im Moment doch aus tiefstem Herzen.

«Was genau hast du ihr gesagt?» hakte sie nach. «Ich hoffe, es war nicht die Leier von den Königskindern, die nicht zueinanderkommen können.»

«So ähnlich schon. Ich habe zu ihr gesagt, nur wir beide wissen, daß wir uns lieben, das muß reichen. Margot, sieh mich bitte nicht so an. Wir haben doch lediglich das gleiche Spiel gespielt wie Tausende andere auch.»

Margot stand so heftig auf, daß ihr Stuhl mit lautem Krachen nach hinten kippte.

«Nur liegt deine Spielgefährtin mit Gift im Leib in der Leichenhalle. Das ist aber sehr gegen die üblichen Spielregeln, oder. Das geht doch weit über dieses läppische Tanderadei hinaus, das du vorzugsweise spielst.»

Wütend verpaßte Margot dem umgekippten Stuhl einen Tritt. «Und du sitzt hier, kaust auf den Fingernägeln und läßt dir von mir die Würmer aus der Nase ziehen. Interessiert es dich überhaupt, wie sie umgekommen ist, oder ist es dir einfach unangenehm? Tolle Königskinder! Sie ist tot und ihm ist es peinlich.»

Noch ehe Ötting antworten konnte, stürmte Margot zur Tür hinaus. Atemlos kam sie eine halbe Stunde später in ihrer Wohnung an. Sie war noch ein paarmal um den Block gejoggt und hatte das Gefühl, daß ihre Lungen bis an die Sauerstoffobergrenze aufgepumpt waren. Ihre Wut auf Bert war fast verraucht. Er konnte ein Mistkerl sein, sie hatte ihm deshalb ordentlich die Leviten gelesen, aber im Regen stehenlassen mußte sie ihn deswegen auch nicht gleich. Margot kickte ihre Schuhe von den Füßen und lief zum Schreibtisch, um ihren Anrufbeantworter abzuhören. Sie hoffte, daß Jürgen Knuth von der Polizeipressestelle sich endlich zu ein paar Informationen bequemt hatte. «Hier Knuth», knarzte es vom Band, und Margot griff sich Bleistift und Zettel zum Mitschreiben. «Der bearbeitende Kommissar heißt Bernd Zazek. Telefonnummer wie meine, nur hinten 499 anstatt der 0. Ist ganz aufgeschlossen, falls man ihn mal erreicht. Ende.»

«Braver Junge. Ende», murmelte Margot und angelte sich das Telefon. Es war schon nach acht, und die Chance, diesen Herrn Zazek noch zu erreichen, war nicht sehr groß. Aber ein Versuch konnte ja nicht schaden.

9

Kommissar Bernd Zazek saß in seinem karg und billig möblierten Dienstzimmer und betrachtete die Gegenstände, die vor ihm auf seinem Schreibtisch lagen.

Da war ein schwarzer Damenmantel, Konfektionsgröße 40. Eine Aktentasche aus schwarzem Rindsleder mit hellbrauner Krokolederklappe. Eine lederne Brieftasche, ein dazu passendes längliches Portemonnaie. Ein Notizbuch mit einem gemusterten Stoffeinband.

Daneben sorgfältig in eine Plastiktüte verpackt drei viereckige grüne Papierschnipsel. Und schließlich ein Stapel Papiere, die in verschiedenfarbigen Schnellheftern steckten. Rechnungen, Korrespondenz mit Verlagen, private Korrespondenz, Notizen. Die Papiere stammten aus der Wohnung der Bella Sievers. Zazek hatte sie vorsortiert und wollte sich nun daranmachen, alles noch einmal gründlich durchzulesen.

Die übrigen Gegenstände hatte die Frau bei sich getragen, als sie starb. Ein Abschiedsbrief war nicht dabei.

Sollte sie das Gift absichtlich selbst genommen haben, dann hatte sie jedenfalls keine Hinweise hinterlassen.

Zazek griff sich noch einmal den Bericht der Berliner Kollegen, die Minute für Minute rekonstruiert hatten, von der Zeit zwischen 14 und 16 Uhr, also sechs bis acht Stunden vor ihrem Tod, der gegen 22 Uhr eingetreten war.

Dem Bericht zufolge verbrachte Bella Sievers den Sonntagvormittag in ihrem Hotelzimmer im INTERCONTINENTAL, wo sie am Abend zuvor alleine eingetroffen war.

Der Zimmerservice brachte ihr kurz nach neun Uhr das Frühstück – Kaffee, Milch, Orangensaft, Brot, Marmelade und Käse. Der Kellner erinnerte sich, daß Frau Sievers offenbar gerade erst aufgestanden war. Ihr Haar war unordentlich, sie trug einen weißen Frotteemantel und einen Halswickel. Die Frau habe über Halsschmerzen geklagt und eine heiße Milch mit Honig bestellt. Die habe er ihr dann zehn Minuten später auch gebracht. Er habe ihr gute Besserung gewünscht, und sie hatte geantwortet, sie wolle sich noch ein wenig hinlegen.

Zwei Zimmermädchen berichteten, daß sie trotz mehrerer Versuche das Zimmer nicht aufräumen konnten, weil das Bitte-nicht-stören-Schild an der Türklinke gehangen hatte.

Übereinstimmend gaben sie an, das Schild habe bis etwa 15 Uhr dort gehangen. Stimmen hatten sie nicht gehört.

Als sie das Zimmer endlich kurz nach 15 Uhr aufräumen konnten, war seine Bewohnerin nirgends zu sehen. Der Frotteemantel lag auf dem Bett, die Schranktür stand halb offen. Im Badezimmer brannte Licht.

Eines der Zimmermädchen erinnerte sich noch, daß der Papierkorb halb voll war von zerknülltem Papier, neben dem Papierkorb lagen einige Schnipsel eines offenbar in kleine Teile zerrissenen Fotos. Das Zimmermädchen hatte sie eingesammelt und weggeworfen, ohne einen weiteren Blick darauf zu werfen.

Wo Bella Sievers in der Zeit zwischen 15 und 15 Uhr 30 gewesen ist, konnte noch nicht ermittelt werden.

Etwa um halb vier betrat sie die Hotelhalle von der Straße her und setzte sich in einen der Sessel im Foyer.

Der diensthabende Portier erinnerte sich genau, weil sie ihn erstens nach der Uhrzeit fragte und sie ihn zweitens bat, ihr einen heißen Tee bringen zu lassen. Er fand, daß sie blaß und krank aussah. Sie behielt die ganze Zeit über ihren schwarzen Mantel an, auch als der Tee serviert wurde.

Der Portier hatte den Eindruck, daß sie erkältet war. Denn noch während sie mit ihm sprach, hüstelte sie und nahm sich ein Hustenbonbon aus der Manteltasche.

Ab 16 Uhr muß Bella Sievers noch mindestens zwei Stunden auf ihrem Zimmer gewesen sein, denn die Telefonzentrale des Hotels registrierte innerhalb dieses Zeitraums fünf Telefonate, die Bella Sievers geführt hatte.

Wie in modernen Hotels üblich, waren die angerufenen Telefonnummern automatisch erfaßt und ausgedruckt worden. Demnach hatte Bella Sievers einmal ganz kurz mit dem Berliner Literaturhaus telefoniert, zweimal mit ihrer Schwester in Hamburg, einmal mit der Berlin-Redaktion der TRIBÜNE und dann noch einmal mit Hamburg, mit dem Privatanschluß des Chefredakteurs der TRIBÜNE, einem Herbert Ötting.

Kommissar Zazek legte die Notiz beiseite und überlegte, wieso Bella Sievers so dringend an einem Sonntagnachmittag Kontakt zu den beiden TRIBÜNE-Redakteuren suchte.

Was war so wichtig, daß es nicht bis zum Montagmorgen Zeit hatte? Der Berliner Redakteur konnte der Polizei nicht weiterhelfen. Als er am Montag in sein Büro kam, fand er eine Notiz der Sekretärin vor, er möge dringend Bella Sievers im INTERCONTINENTAL zurückrufen. Der Redakteur hatte keine Ahnung, worum es überhaupt ging. Er kannte Bella Sievers nicht einmal persönlich.

Zazek sah gähnend auf die Uhr. Schon nach acht. Er stand auf und streckte sich. Schluß für heute.

Morgen würde er die Schwester der Toten befragen und diesen Herbert Ötting. «Herbert Ötting», wiederholte er laut, «Herbert, Bert. Das könnte hinkommen.»

Zazek setzte sich wieder und griff gezielt einen Brief aus dem Stapel Papiere, die er aus Bella Sievers' Wohnung mitgenommen hatte. Der Brief enthielt keine Anschrift, nur eine Anrede: Bert.

Zazek kramte seine Lesebrille wieder aus der Manteltasche und begann zu lesen:

Bert,

der Du es nicht verdienst, daß ich Dich so anbete.

Natürlich höre ich schon wieder seit Tagen nichts von Dir, und ich könnte mich ohrfeigen, daß es mir so viel ausmacht.

Es wird Zeit, daß mein Kopf mein Herz bekehrt. Ich bin entschlossen, mich gegen Dich zu wappnen. Gegen Dich und Deine unsäglichen, zynischen Unverschämtheiten, die ich mir von niemandem sonst auf der Welt je würde gefallen lassen.

Wir waren nicht ein einziges Mal zusammen im Bett, ohne daß Du mir danach einen Vortrag über Dein wundervolles Familienleben gehalten hättest, über Deine patente Frau und daß Du sie und die Kinder niemals verlassen wirst.

Anfangs dachte ich, das schlechte Gewissen triebe Dich zu solchen Beteuerungen.

Inzwischen bin ich sicher: es ist Deine feige Art, mir mitzuteilen, daß ich nicht mehr als eine Bettgeschichte bin. Eine triviale, unromantische, abgeschmackte Triebbefriedigung.

O nein, sagen würdest Du das so nie. Du bist ja ein Schöngeist. Du haßt Auseinandersetzungen. Alles soll nicht nur streng geheim, sondern auch hübsch behaglich sein.

Also gehört zur szenischen Gestaltung schon hin und wieder ein tiefer Blick in die Augen, ein zartes Streicheln.

Und tatsächlich bin ich jedesmal dahingeschmolzen, habe mir eingeredet: Er liebt mich doch, er leidet auch, sieh nur seine traurigen, sehnsüchtigen Augen.

Die profane Wahrheit ist: Dein schmachtender Blick kommt von Deiner Kurzsichtigkeit, und lieben kannst Du nur Dich und Dein Bankkonto.

Wem außer Deinem Spiegelbild hast Du je aus ehrlichem Herzen gesagt: Ich liebe Dich? Ich habe es getan, bedauerlicherweise. Ich sagte zu Dir: «Ich liebe Dich.» Und Du hast geantwortet: «Das macht doch nichts.» Das macht doch nichts!

Spätestens an dieser Stelle, mein lieber Bert, hätte in jedem gescheiten Drehbuch ein Krach, ein Rausschmiß, mindestens eine Ohrfeige folgen müssen.

Was aber folgte im richtigen Leben? Nichts. Ich schluckte die Kröte und würge noch heute daran, wie an den vielen anderen Beleidigungen, Rücksichtslosigkeiten, Peinlichkeiten und Lügen, die Du mir zugemutet hast. Gut also, Du hattest Deinen Spaß.

Jetzt komme ich dran, ist doch nur gerecht. Deshalb will ich ...

An dieser Stelle brach der Brief ab.

«Mist», brummte Kommissar Bernd Zazek. Er hätte liebend gerne gewußt, was sie denn nun wollte. Daß es nichts Angenehmes für diesen Bert sein würde, war klar.

Genaugenommen waren die letzten zwei Zeilen des Briefes eine Drohung, geschrieben von einer Frau, die an Gift gestorben ist. Aber sie hatte den Brief nicht zu Ende geschrieben. Das konnte bedeuten, daß ihr Liebhaber nie etwas von seinem Inhalt erfahren hatte.

Es war aber genausogut möglich, daß ihr der Entwurf nicht zusagte und sie einen neuen Brief schrieb, den sie dann auch abschickte. Einen Brief mit der Drohung, auszupacken, eine öffentliche Kampagne zu starten, eine teure Scheidung zu erzwingen? Mal sehen, was uns der feine Bert zu sagen hat, dachte Zazek. Wenn ich Glück habe, ist es Herbert Ötting, der steht sowieso für morgen auf meiner Liste.

Das schrille Läuten des Telefons ließ ihn zusammenzucken. Ein Blick auf seine Armbanduhr zeigte ihm, daß er schon längst Dienstschluß hatte. Aus ihm würde nie ein ordentlicher Beamter werden, der pünktlich nach Hause ging. Dafür kam er auch selten pünktlich, und seine Akten lagen nie Kante auf Kante, wie er es schon oft bei Kollegen bewundert hatte. In mehr als dreißig Jahren Polizeidienst hatte er es nicht einmal geschafft, sich eine Brotbüchse anzuschaffen, was allerdings auch damit zusammenhing, daß er es nicht geschafft hatte, sich eine Ehefrau zuzulegen, die ihm liebevoll eine solche Büchse mit vitaminreicher Kost bestücken könnte.

Das Telefon läutete weiter. Zazek sah es an, wie man ein Kind ansieht, wenn es aufhören soll zu quengeln. Beim nächsten Läuten beugte er sich ergeben über seinen Papierwust und hob ab.

«Zazek.»

«Hallo, da habe ich aber Glück, daß ich Sie noch erwische. Hier ist Margot Thaler, guten Abend.»

«Aha.» Zazek fragte sich, ob er die Frau kennen mußte, die da so forsch in seinen Feierabend eindrang. Er versuchte sich zu erinnern, wo er den Namen schon einmal gehört hatte.

«Hallo? Sind Sie umgekippt?» tönte es vom anderen Ende.

«Das könnte Ihnen so passen», konterte Zazek und grinste den Hörer an. Sie hatte eine volle, leicht heisere Stimme. Nicht schlecht. Aber woher kannte er den Namen?

«Das würde mir nicht passen», entgegnete Margot, «weil ich mich dann nicht mit Ihnen verabreden könnte, und genau deswegen rufe ich an. Es geht um Bella Sievers und es ist wichtig.»

«Wem?» fragte Zazek knapp und setzte sich aufrecht hin.

«Mir und einem Freund von mir, dem ich helfen möchte, Mißverständnisse im Vorfeld auszuräumen. Vielleicht kann ich Ihnen gleichzeitig mit ein paar Informationen behilflich sein. Man hört so einiges über Bella Sievers in der Branche.»

Bei dem Wort Branche fiel endlich der Groschen. Plötzlich wußte Zazek, woher er den Namen Thaler kannte. Die rührige Hobbydetektivin, die sich erst vor einigen

Monaten bei dem Theatermord so kräftig ins Zeug gelegt hatte. War die nicht Journalistin?

«Sind Sie die Journalistin, die uns so gerne beim Mörderfangen zur Seite steht?» fragte er unvermittelt und mit einem unverkennbar sarkastischen Unterton.

Er hörte, wie Margot sich verlegen räusperte, und lehnte sich zufrieden zurück. Er hatte sie aus dem Takt gebracht.

«Darauf war ich nicht gefaßt», sagte sie nach einer kleinen Pause, «wir sind uns doch nie begegnet, oder?»

«Nein, aber man hört auch in meiner Branche so einiges.»

Margot mußte lachen, und Zazek gestand sich ein, daß er ihr Lachen sympathisch fand.

«Aber zur Sache», fuhr er fort, «wer ist der Freund, von dem Sie sprachen?»

Zazek bemerkte ihr Zögern, ehe sie antwortete.

«Freund und Kollege. Es könnte sein, daß Sie bei den Unterlagen von Frau Sievers einige Briefe von ihm finden. Briefe, von denen seine Frau zum Beispiel besser nichts wissen sollte. Er hat fürchterliche Angst, daß da was nach außen dringt. Das ist der eine Punkt. Der andere ist, daß ich ihn viele Jahre kenne und daher dachte, ich spreche mit Ihnen darüber, ehe Sie ihn am Ende noch verdächtigen, Bella Sievers vergiftet zu haben. Das wäre eine Sackgasse.»

Zazek hatte schweigend zugehört und dabei wieder den unvollendeten Brief zur Hand genommen, den er bei Bella Sievers gefunden hatte.

«Hat Ihr Schützling auch einen Namen?» fragte er jetzt.

«Herbert Ötting.»

Zazek bemühte sich, seine Überraschung zu verbergen. «Wenn ich richtig verstehe», antwortete er gelassen, «soll ich vermeiden, daß seine Frau erfährt, daß Bella Sievers seine Freundin war. Und ich soll ihn nicht verdächtigen.»

«Er täte so was nicht, unmöglich», antwortete Margot mit Nachdruck.

«Mal langsam», beschwichtigte Zazek, «noch wissen wir ja nicht einmal genau, ob es überhaupt einen Mord gegeben hat. Frau Sievers könnte Selbstmord begangen haben, oder es war ein Unfall. Alles offen. Wir stehen ganz am Anfang.»

«Aber Sie halten einen Mord für wahrscheinlich, sonst würden Sie nicht an dem Fall arbeiten. Logisch, nicht? Und ich habe heute einige Details erfahren, die Ihnen helfen könnten, die Umstände zu beleuchten.»

«Beleuchten, so, so», sagte Zazek, den die Formulierung belustigte.

«Ja», sagte Margot schlicht, «deswegen sollten wir uns treffen.»

In ihrem Ton schwang jetzt die nachsichtige Duldsamkeit einer Frau, die damit leben gelernt hat, daß Männer etwas langsamer begreifen. Zazek registrierte, daß sie mit einemmal langsam und pointiert sprach. Vermutlich war sie zu der Erkenntnis gekommen, daß ihr Gesprächspartner begriffsstutzig war. Er hätte sie gerne gefragt, ob sie einen wippenden Pferdeschwanz und eine Zahnspange trug.

«Na gut», sagte er statt dessen, «wenn es der Wahrheitsfindung dient, sollten wir das tun.»

Nach einigem Hin und Her wegen des Termins – er

konnte nicht am nächsten Tag, sie nicht an dem darauffolgenden – einigten sie sich schließlich auf Freitag abend. Beide waren uneingeschränkt der Meinung, man könne das Nützliche mit dem Angenehmen verbinden, und so verabredeten sie sich in einem Restaurant in Winterhude.

Als Zazek den Hörer auflegte, war er bester Laune. Er stellte fest, daß er neugierig war auf diese Margot Thaler, und daß er sich darauf freute, sie in zwei Tagen zu treffen, noch dazu bei einem hoffentlich guten Essen.

Er nahm noch einmal den Brief zur Hand und las die erste Zeile: Bert, der Du es nicht verdienst, daß ich Dich so anbete.

«Herbert Ötting, also», murmelte Zazek zufrieden und beschloß, den Mann gleich morgen früh aufzusuchen.

Er legte den Brief zurück in die Ablage, löschte das Licht und freute sich auf ein kühles Blondes.

10

«Möchte wirklich wissen, was mit dir los ist. Seit heute morgen dieser Mensch von der Kripo hier war, sprichst du kaum ein Wort, meldest dich in der Redaktion ab, weil du angeblich krank bist, zum Arzt willst du aber nicht gehen. Was soll das denn sein, he?» Renate Ötting warf ärgerlich die Haarbürste auf die Schlafzimmerkommode und drehte sich zu ihrem Mann um, der noch immer im Bett lag.

Herbert Ötting hatte eine Hand über seine Stirn gelegt und sah unter halbgeschlossenen Lidern zu seiner Frau hinüber. Wenn sie nervös war, wurden ihre Lippen fast zu einem Strich, und ihre Nase wirkte noch spitzer als sonst. Sie hatte ihr dunkelblondes, halblanges Haar achtlos zu einem Pferdeschwanz zusammengebunden und wie üblich kein Make-up aufgelegt, weil sie, wie sie immer sagte, nicht als Barbie-Puppe gedacht war. Und wie fast immer trug sie auch heute eine weite Baumwollhose und darüber ein weites T-Shirt, das über ihren großen Brüsten ein wenig spannte. Sie bekommt langsam einen Hängebusen, dachte Ötting unwillkürlich.

Er schob sich ein Stück im Bett hoch, griff seine Brille vom Nachttisch und setzte sie auf. Über die Gläser hinweg sah er seine Frau jetzt direkt an.

«Schau, ich werde heute zu Hause bleiben, weil ich mich nicht wohl fühle. Das wird ja wohl mal erlaubt sein. Für alles Wichtige habe ich ein Telefon. Morgen geht's mir bestimmt besser. Laß dich also nicht stören, ich brauche keine Pflege, nur ein wenig Ruhe.»

«Ich sag ja schon immer, daß du zuviel rotierst. Bis in die Nacht hinein bist du manchmal unterwegs, alles zum Wohle deines Blattes. Als ob sie dir das jemals danken würden.»

Reni schob ein verächtliches «Ha»! hinterher, während sie in der Schublade nach einem frischen Taschentuch kramte.

Ötting sagte nichts dazu. Das wäre nur wieder auf die übliche Debatte hinausgelaufen, wer von beiden seine außerhäuslichen Engagements einzuschränken hätte. Reni hätte gerne mehr Zeit gehabt für ihre schulpolitische Arbeit und für andere ehrenamtliche Aufgaben. Ihre Arbeit als Übersetzerin hatte sie aufgegeben, als die Kinder kamen. Tina war inzwischen elf, Ralf dreizehn Jahre alt.

Reni war der Meinung, die beiden hätten zu Beginn der Pubertät den Vater nötiger denn je.

«Deine Kinder siehst du ja sowieso nur zwischen Tür und Angel», fuhr sie fort, als hätte sie seine Gedanken erraten. Sie zog ein gelbes Taschentuch aus der Schublade und stopfte es in ihre Umhängetasche.

«Wenn du mich jetzt nicht brauchst, mache ich rasch ein paar Besorgungen. Bis die Kinder aus der Schule kommen, bin ich wieder zurück. Sollte es dein Zustand erlauben, kannst du ja schon mal die Post durchsehen.»

Sie deutete auf einen Stapel Briefe, Zeitungen und Zeitschriften, die sie ihm aufs Bett gelegt hatte.

«Mein Zustand erlaubt es», antwortete Ötting gereizt. «Soll ich deine Post auch öffnen?»

«Wenn du willst, ich habe keine Geheimnisse.»

Ötting wartete, bis die Haustür zugefallen war und Reni den Wagen startete, dann wählte er Margots Nummer.

Während er das Telefon läuten ließ – es war noch vor elf und somit früher Morgen für Margot – blätterte er die Post durch. Verschiedene Rechnungen, ein Brief von der Autoversicherung, eine Einladung zu einer Vernissage und ein Brief ohne Absender an ihn. Es läutete immer noch, Margot würde schäumen vor Wut. Er öffnete den Brief – und erstarrte. Erschrocken legte er den Hörer auf und starrte den weißen Briefbogen an.

Maulwurf, paß auf! stand da in großen Buchstaben in der ersten Zeile. Und weiter: Wer in vielen Gärten baggert, lebt gefährlich. Racheengel schlafen nie!

Ötting fühlte sich, als sei ein Stromstoß durch seinen Körper gejagt worden. Also war dieses tote Tier auf seinem Schreibtisch kein dummer Kollegenstreich. Es war eine Drohung. Dieser Brief hier war der nächste Schritt. Was käme danach? Zitternd ließ sich Ötting in die Kissen zurückfallen, strich sich fahrig über die Stirn, die feucht war von kaltem Schweiß. Wer steckte dahinter und was wollte er überhaupt von ihm. Maulwurf – baggern – Racheengel? Baggern hatte möglicherweise etwas mit einer Frau zu tun. Maulwurf mit Dunkelheit und Heimlichkeiten. Eine heimliche Liebschaft, die sich nun rächen wollte, indem sie ihn in Angst und Ungewißheit versetzte? Schlagartig fiel ihm der Name Bella ein. Aber das konnte ja nicht sein. Bella war tot. Die schrieb keine Drohbriefe mehr. Wer dann?

Ötting war verstört und mutlos. Seit Bellas Tod war sein Leben, in dem er es sich so angenehm eingerichtet hatte, in Unordnung geraten. Und es könnte noch viel schlimmer kommen.

Dieser Kommissar Zazek war am Morgen um 9 Uhr aufgekreuzt, um ihm Fragen zu stellen. Zum Glück hatte er Reni gegenüber nicht erwähnt, worum es ging. Sie war wütend gewesen wegen der Störung, aber Ötting hatte ihr gesagt, daß es um die Gegendarstellung eines Artikels ginge und daß das eben noch vor der Konferenz geregelt werden müsse.

Er war mit Zazek in sein Arbeitszimmer gegangen, und der Mann war ohne Umschweife gleich zur Sache gekommen. Ob und wie gut er Bella gekannt hatte, wann er sie zuletzt gesehen hatte. Zum Schluß gab er ihm einen Brief zu lesen, den er bei Bella gefunden hatte und der an einen Bert gerichtet war.

«Sind Sie dieser Bert?»

«Ja, schon, aber was heißt das schon. Es gibt Tausende solcher Briefe von Frauen an Männer und umgekehrt. Sie war halt momentan wütend auf mich. Ich habe diesen Brief übrigens nie zuvor gesehen.»

«Der Brief klingt mehr als wütend. Er ist bitter und unversöhnlich. Er ist sogar drohend. Er bricht mitten im Satz ab mit … jetzt will ich. Was wollte sie, wissen Sie das?»

«Keine Ahnung. Vielleicht wollte sie, daß ich mit ihr ein paar Tage in Urlaub fahre, daß ich mich mehr um sie kümmere.»

«Wohl kaum. Immerhin droht sie Ihnen an, daß nun Ihr Spaß vorbei sei. Nicht gerade ein Angebot für ein paar Turteltage.»

«Ich sage Ihnen doch, ich kenne diesen Brief nicht. Sie

hat ihn nicht abgeschickt, wahrscheinlich weil sie es sich anders überlegt hatte.»

«Und einen ähnlich formulierten Brief haben Sie auch nicht erhalten?»

«Nein.»

Während des einstündigen Gesprächs war Ötting mit Entsetzen klargeworden, daß er in einer viel schlimmeren Situation war, als er bisher angenommen hatte.

Ihm drohten nicht nur peinliche Enthüllungen und familiäres Desaster. Sollte Bellas Tod sich als Mord herausstellen, dann geriet er unter Mordverdacht.

Seit ihm das bewußt war, konnte er kaum noch durchatmen. Er hatte sich in sein Schlafzimmer zurückgezogen und grübelte darüber nach, was um Himmels Willen er tun konnte.

Dieser Kommissar wirkte wie ein müder alter Griesgram, der schon viel gesehen hat in seinem Leben und den man nicht so leicht hinters Licht führt. Mit Sicherheit hatte er nicht alles offengelegt, was er wußte.

Da war zum Beispiel seine Frage nach den Bonbons. «Lutschen Sie die öfter?» wollte er wissen und hatte mit dem Kopf auf die grüne Tüte gedeutet, die Ötting aus der Jackentasche zog.

Was war so interessant an Pfefferminzbonbons?

Ötting richtete sich im Bett auf und starrte auf den Fetzen Papier, den er noch immer in der Hand hielt.

Er durfte sich jetzt nicht gehenlassen, mußte sich anziehen, mit Margot sprechen, sich mit seinem Anwalt beraten und ihm den anonymen Maulwurfbrief zeigen.

Als er nach seinem Hemd griff, sah ihm aus dem Spiegel ein unrasierter, übernächtigter Mann entgegen, den er kaum erkannte. «Scheiße, Scheiße, Scheiße», brüllte er und schlug mit den Fäusten auf sein Spiegelbild ein, bis ihn der Schmerz in den Händen zur Besinnung brachte.

Erschöpft und ratlos ließ er sich auf sein Bett fallen und war im selben Moment froh, daß die Kinder und Reni nicht zu Hause waren.

11

Wachtmeister Remmers rieb fröstelnd seine Handflächen aneinander. Noch etwa zwei Stunden bis Tagesanbruch, und es war so finster in dieser Nacht, daß er nicht einmal das gegenüberliegende Alsterufer erkennen konnte. Über dem Wasser lag ein feiner Nebelteppich, der alle Geräusche zu dämpfen schien.

Remmers bückte sich und warf einen Stein in die Alster. Er ging mit einem leisen Platsch! unter.

Der junge Polizist sah etwas verlegen hinüber zu dem Streifenwagen, der am Straßenrand stand und von dessen Dach lautlos und gleichmäßig ein Blaulicht flackernde Schatten in die Nacht warf. In dem Wagen saß ein zweiter Polizist und telefonierte. Remmers nahm undeutlich die knarzende Stimme aus dem Funkgerät wahr.

In einer der großen weißen Jugendstilvillen auf der anderen Straßenseite ging ein Licht an, wenig später wurde ein Fenster geöffnet, und ein Mann sah hinaus. In den anderen Häusern blieb es still und dunkel.

Wachtmeister Remmers trat ungeduldig von einem Bein auf das andere. Wäre gut, wenn der Kommissar käme, bevor es hell wird und sich die ersten Zaungäste einfinden. Dann hätten er und sein Kollege wieder alle Mühe, die Leute davon abzuhalten, einen Blick auf den Toten zu werfen, um sich endlich mal wieder richtig ordentlich zu graulen.

Remmers sah unwillkürlich zu dem Mann hin, der drei

Schritte neben ihm im feuchten Gras lag, mit angewinkelten Beinen und eingeschlagenem Schädel. Remmers sah schnell wieder weg. Er hoffte nur, daß nicht ausgerechnet er zu der Familie des Toten geschickt wurde, um die schreckliche Nachricht zu überbringen. Auf der Straße sah er jetzt ein Auto näher kommen. Endlich, der Kommissar. Das Auto hielt hinter dem Streifenwagen an. Zwei Männer stiegen aus und kamen fast lautlos über den Rasen auf Remmers zu.

«Zazek», sagte der Ältere von beiden knapp, «mein Mitarbeiter», wobei er auf seinen Begleiter zeigte.

Dann ließ er sich präzise schildern, wann und wie die Leiche gefunden worden war. Er erfuhr, daß der Tote kein Bargeld, aber Ausweispapiere, Scheckkarte und seinen Führerschein dabeihatte. Demnach handelte es sich um Alfred König, 47 Jahre, wohnhaft in Hamburg.

Zazek besah sich eingehend die blutverschmierte Wunde am Hinterkopf des Mannes, seine Kleidung und den Inhalt seiner Taschen. Schließlich knipste er seine Taschenlampe aus, richtete sich auf und sagte zu seinem Mitarbeiter: «So, mach du hier weiter, ich fahr zu ihm nach Hause und benachrichtige seine Familie, falls er eine hat. Das da nehme ich mit.» Damit griff er nach einem Buch, das Wachtmeister Remmers bereits sorgfältig in eine durchsichtige Plastiktüte verstaut hatte. Sie hatten es in der linken Manteltasche des Toten entdeckt. Es war ein Roman, an dem vor allem zwei Dinge interessant waren: die Autorin war Bella Sievers, und auf der Innenseite stand handgeschrieben der Name Herbert Ötting.

12

Der Borsteler Bogen war eine kleine, verschlafene Straße mit weißgetünchten Reihenhäuschen und gepflegten Vorgärten. Die Hecken, die die Grundstücke voneinander abgrenzten, waren akkurat geschnitten, zu jeder Haustür führte ein gepflasterter Weg.

Kommissar Zazek fuhr langsam die Häuserzeilen entlang und versuchte im fahlen Licht der Straßenlaternen die Hausnummern zu entziffern. Nr. 4, 6, 8. Das nächste mußte es sein. Die Reifen knirschten, als er den Wagen dicht am Bordstein parkte.

Die Dunkelheit wich allmählich der Dämmerung, die Vögel wachten auf und begannen zu singen und in den Bäumen zu rascheln. Sonst war kein Laut zu hören.

Kommissar Zazek stand fröstelnd vor dem Haus, in das Alfred König nun nicht mehr zurückkehren würde.

Es war zweigeschossig mit einem Dachgiebel, der offenbar nachträglich ausgebaut worden war, denn seine gesamte Front bestand aus Holz und Glas. Die zwei darunterliegenden Etagen dagegen hatten bescheidenere, schmale Fenster, vor denen in gleichmäßige Falten gelegte weiße Gardinen hingen.

Zazek drehte den Knauf am Gartentor und ging durch den Vorgarten zur Eingangstür. Er zögerte, als er die Hand nach der Klingel ausstreckte. Auch nach all den Jahren im Dienst hatte er sich nicht daran gewöhnt, einer Familie eine so schreckliche Nachricht zu überbringen.

Als er schließlich läutete, hörte er aus dem Inneren des Hauses das gedämpfte Dingdong. Zunächst blieb alles still. Zazek trat einen Schritt zurück und sah zu den Fenstern hoch. Die meisten Leute öffneten nicht die Tür, wenn es zu einer so ungewöhnlichen Stunde läutete, sondern sie öffneten ein Fenster, um nachzusehen. Jetzt regte sich etwas im Haus, Schritte kamen näher, entfernten sich wieder, und kurz darauf ging tatsächlich ein Fenster auf, und eine Frau streckte den Kopf raus.

«Was machen Sie denn da, Mann?»

Die Frau mochte Anfang Vierzig sein, drall und energisch. Sie fuhr sich mit den Fingern durch ihre blonden kurzen Haare und zupfte den Pony zurecht. Zweifellos hatte sie fest geschlafen.

«Frau König?»

«Ja, wieso?»

«Ich bin Kommissar Zazek von der Kripo. Ich muß dringend mit Ihnen sprechen.»

Die Frau starrte auf den Ausweis, den er ihr von unten entgegenhielt.

«Mein Sohn?» fragte sie, und ihre Stimme war plötzlich ganz hoch und dünn vor Angst.

«Es geht um Alfred König. Tut mir wirklich leid.»

«Ich komme», sagte sie, und es klang fast erleichtert.

Wenig später saß Zazek im Wohnzimmer auf einem wuchtigen braunen Verlourssessel. Ihm gegenüber auf der Couch saß Karin König in einer hastig übergeworfenen, viel zu großen Strickjacke, darunter ein knöchellanges Baumwollnachthemd. Sie weinte nicht, aber als sie zu dem Cognacglas griff, das vor ihr auf dem Tisch stand, zitterten ihre Hände.

«Überfallen», murmelte sie, «überfallen für nix und wieder nix. Mein Mann hatte doch nie Geld in der Tasche. Der war doch chronisch pleite.»

«Noch wissen wir nicht mit Bestimmtheit, ob es ein Raubmord war, auch wenn alles danach aussieht», entgegnete Zazek und dachte an das Buch in der Tasche des Toten. «Wir müssen deshalb die letzten Stunden Ihres Mannes zurückverfolgen, und dazu brauchen wir Ihre Hilfe, Frau König.»

«Ich sage Ihnen doch, ich weiß wirklich nicht, wo mein Mann gestern abend gewesen ist und mit wem er sich getroffen hat. Es ist so, wir haben ...»

Sie brach ab und schob fahrig das Glas auf dem Tisch hin und her. Zazek ahnte, was sie stocken ließ, und ergänzte auf gut Glück ihren Satz.

«Sie haben nicht mehr viel miteinander unternommen. Jeder führte sein eigenes Leben, auch wenn Sie noch unter einem Dach wohnten. Ist es das, Frau König?»

«Seit drei Jahren schon. Wir haben das nicht nach außen getragen, damit unser Sohn sein Zuhause hat. Er war damals gerade sechzehn. Jetzt ist er beim Bund, aber er hat seine Wohnung oben im Dachgeschoß. Haben wir extra für ihn hergerichtet. Als Sie vor der Tür standen, dachte ich schon, ihm wäre was passiert. Er ist mein einziges Kind. Das wäre furchtbar, wenn ihm was zustieße.»

«Was war vor drei Jahren», fragte Zazek, «gab es einen konkreten Anlaß für Ihr Zerwürfnis?»

«Ach Gott, da war Verschiedenes, so was kommt ja nicht plötzlich. Mein Mann war Apotheker, aber er hatte nie eine eigene Apotheke. Das Regelmäßige, das lag ihm nicht so. Er hat mal in einem Krankenhaus gearbeitet, mal in einem Labor. Seit einiger Zeit hat er nur noch Urlaubsvertretungen gemacht, zuletzt in einer Apotheke in Fuhlsbüttel. Na ja, als er dann auch noch nächtelang wegblieb, hatte ich endgültig genug. Ich hab mich einfach nicht mehr um ihn gekümmert.»

Sie lächelte schief mit einem Ausdruck von Trotz und Genugtuung in den Augen.

Zazek lächelte verständnisvoll zurück. Es war inzwischen hell geworden draußen, und er sehnte sich nach einem Kaffee und frischen Brötchen. Aber er spürte, daß dieses Gespräch Karin König erleichterte, und er wollte sie keinesfalls bremsen.

«Verständlich», sagte er deshalb ermunternd, «aber sicher auch nicht leicht für Sie. Klingt so, als hätte Ihr Mann nicht regelmäßig Geld nach Hause gebracht.»

«Der?» Karin König machte jetzt aus ihrem aufgestauten Frust und ihrer Verachtung keinen Hehl mehr.

«Ich konnte froh sein, wenn da überhaupt was kam. Gesoffen hat er und sich einen bequemen Lenz gemacht. Der war sogar in der Schweiz, stellen Sie sich das mal vor, hatte die Stirn, mir eine Karte aus Lugano zu schreiben. Möchte mal wissen, wovon er das bezahlt hat. Jedenfalls habe ich ihm nichts mehr gegeben von meinem sauer verdienten Geld. Keinen Pfennig.»

Zazek sah die Frau mitleidig an. Es war wieder einer dieser Momente, in denen er sich beglückwünschte, Junggeselle zu sein. Bei allen Nachteilen – solche Ehedramen blieben ihm erspart. Das warme Gefühl der Zufriedenheit war ihm fast peinlich.

«Wo arbeiten Sie denn, Frau König?» fragte er betont freundlich.

«In der Anwaltspraxis Zwiesel und Nelle, als Aushilfe. Da bin ich gerne, da habe ich auch mal Glück gehabt. Und der Verdienst reicht zum Leben.»

Zazek erhob sich. Für den Anfang hatte er genug erfahren, um weiter ermitteln zu können. Auf dem Weg zur Haustür zog er das Buch aus der Manteltasche, das sie bei dem Toten gefunden hatten.

«Eine Frage noch. Haben Sie dieses Buch schon einmal gesehen bei Ihrem Mann? Wir müssen es in der Plastikhülle lassen wegen der Fingerabdrücke.»

«Fingerabdrücke?» Sie zog ihre ausgestreckte Hand zurück. «Hat es etwas mit seinem Tod zu tun?»

«Wir haben es bei ihm gefunden. Sagt Ihnen der Name Ötting etwas?»

«Nein, wer ist das?»

«Jemand hat diesen Namen in das Buch geschrieben. Ist Ihnen der Name der Autorin bekannt?»

Karin König wagte einen verstohlenen Blick auf den Umschlag. «Bella Sievers», las sie laut und schüttelte gleichzeitig den Kopf. «Sievers ist hier in Hamburg nicht gerade ein seltener Name. Ich kenne mindestens fünf, die so heißen. Aber eine Schriftstellerin ist nicht dabei.»

Als Kommissar Zazek das Haus verließ, hatte er das unbestimmte Gefühl, etwas Wichtiges erfahren zu haben und es nur noch nicht einordnen zu können. Er blinzelte in die Sonne und atmete genüßlich die frische, unverbrauchte Luft des frühen Morgens ein. Er würde jetzt erst einmal in einem Café ein ordentliches Frühstück zu sich nehmen und danach in seinem Büro Wort für Wort das soeben geführte Gespräch rekapitulieren.

13

Margot klappte das Fotoalbum zu und legte es zu den acht anderen Alben, die sie schon durchgesehen hatte. Sie hoffte inständig, daß Sylvia nicht noch Nummer neun aus irgendeiner Schublade hervorkramen würde.

Seit zwei Stunden saßen sie zusammen und betrachteten Fotos der Sievers-Schwestern, vom Windelalter bis in die Gegenwart, immer begleitet von Sylvias Erinnerungen.

«Da waren wir an der Nordsee. Bella baute eine Burg, und ich habe ihr immer das Wasser in einem löchrigen Eimer herbeikarren müssen.» – «Ach, und das da war in Rom, da waren wir zwölf. Das heißt, ich war elf. Eine Hitze! Bella hatte ihren Sonnenhut in einem Café vergessen. Den sie da aufhat, das ist meiner, deswegen ist er ihr auch zu klein. Na, später dann waren ihr meine Sachen eher zu groß. Sie hat bei Größe achtunddreißig haltgemacht, ich bei vierzig.»

«Da, unsere Tanzstunde. Bella hatte sich den hübschen Blonden ausgesucht. Sehen Sie mal, wie er sie anhimmelt. Seine Eltern hatten eine Kinokette. Monatelang ist sie kostenlos ins Kino gegangen, war praktisch.»

«Unser letzter gemeinsamer Urlaub, vor zwei Jahren in Frankreich. Das waren wunderschöne, unbeschwerte Tage. Da kannte sie diesen Scheißkerl noch nicht, diesen Ötting.»

Margot war an den Fotos aufgefallen, daß die Schwestern fast immer gleich oder zumindest sehr ähnlich angezogen waren. Sie traten auf wie Zwillinge, selbst als sie schon erwachsen waren und sich nicht mehr so ähnlich sahen wie in der Kindheit.

Auf ihren letzten gemeinsamen Fotos wirkte Sylvia wie eine nicht ganz geglückte Kopie ihrer Schwester. Sicher, Haarfarbe, Frisur und Kleidung waren gleich, aber die Personen waren es nicht. Wie diese armseligen Monroe-Kopien, dachte Margot, die bilden sich auch ein, daß wasserstoffgebleichte Haare, ein ausgeschnittenes weißes Plisseekleid und eine aufreizende Pose mit Kußmund sie aussehen lassen wir ihr Idol.

Margot sah hinüber zu Sylvia, die gerade damit beschäftigt war, den Kaffeetisch für sie beide zu decken. Mit kleinen, fahrigen Bewegungen balancierte sie Tassen und Teller aus ihrem Wohnzimmerschrank auf einen runden Eichentisch, der vor dem Schrank stand. Um den Tisch waren vier geschnörkelte Holzstühle gruppiert, deren Sitze mit einem dunkelgrünen Stoff bezogen waren. Eiche rustikal, wohin das Auge blickt, dachte Margot. Auch die Sitzecke am Fenster, wo sie jetzt immer noch saß, folgte dieser Stilrichtung konsequent. Da gab es eine Couch und zwei Sessel mit Beinen und Armlehnen aus Holz und einem Brokatbezug in Dunkelgrün. Der Tisch, auf dem augenblicklich die Alben lagen, war länglich, und seine Beine mündeten in gedrechselte Kugeln. Darüber hing, bis auf Augenhöhe hinuntergezogen, eine mit Leinen bezogene Kugellampe, an der sich Margot schon zweimal den Kopf gestoßen hatte, als sie sich über die Fotos beugte. Als sie jetzt aufstand, vermied sie sorgsam einen weiteren Zusammenstoß. Mißmutig stellte sie fest, daß ihr der Rücken weh tat von dieser ungemütlich harten Couch. Innerlich verfluchte sie Ötting, der schuld daran war, daß sie in der vollgestopften guten Stube einer Holz- und Brokatfetischistin stundenlang Familienfotos über sich ergehen lassen mußte. Andererseits gestand sie sich ein, daß sie selbst nicht mehr lassen konnte von dem Fall Bella Sievers. Das öffentliche Interesse an der toten Schriftstellerin war nach fünf Tagen erlahmt. Andere Ereignisse waren in den Vordergrund gerückt: eine spektakuläre Entführung, ein Flugzeugabsturz, eine Serie von Überfällen in Ostdeutschland, die nächste Steuererhöhung. Achselzuckend hatte Maja Liebig von der TRIBÜNE Margot angewiesen, ihren Bericht «einzudampfen». «Nicht mehr als fünf Blatt und zwei Fotos. Ist doch eh schon ein alter Hut, bis wir damit am Montag erscheinen, und rausgekommen ist auch nix bis jetzt.»

Margot hatte das Manuskript geschrieben und unzufrieden auf ihrem Schreibtisch liegenlassen. Im Grunde stand kaum mehr drin als in den Tageszeitungen vom Wochenanfang. Von Berts Beziehung zu Bella hatte bislang niemand Wind bekommen, auch sie hatte nichts davon erwähnt. Was nichts an der Tatsache änderte, daß Sylvia ihn für den Mörder hielt und die Polizei ihn zumindest in die engere Wahl der Verdächtigen nahm. Bert saß in der Tinte, wie lange war das wohl noch zu verheimlichen?

«So, wir können», sagte Sylvia, während sie aus einer Kanne heißen Kaffee in die Tassen goß. Sie hatte den Tisch beinahe feierlich mit weißem Porzellan und zu Fächern geformten rosa Servietten gedeckt. In der Mitte prangte eine Platte mit sechs verschiedenen Tortenstükken. Sylvia deutete auf einen Stuhl, und Margot setzte sich. Nachdem beide ein Stück Torte auf dem Teller hatten, nahm Sylvia das Gespräch da wieder auf, wo sie es wegen des Kaffeekochens unterbrochen hatte.

«Also, wie gesagt. Der Ötting war's, auch wenn Sie es mir jetzt noch nicht glauben. Der hat sie auf dem Gewissen, und der büßt mir das.»

«Frau Sievers, dafür gibt es bis jetzt nicht den kleinsten Beweis. Sie können das nicht einfach so behaupten. Außerdem kenne ich Herbert Ötting seit Jahren, und ich mag ihn, trotz seiner Fehler. Ich finde auch, daß er sich in der Beziehung zu Ihrer Schwester teilweise mies benommen hat. Aber ein Mörder ist er deswegen noch nicht. Ein Feigling, ja, aber kein Mörder. Außerdem steht noch nicht fest, ob ihre Schwester überhaupt ermordet wurde.»

«Jedenfalls ist sie tot, das steht ja wohl fest.» Sylvia zerdrückte die rosa Serviette in ihrer Hand zu einer kleinen Kugel und warf sie wütend auf den Tisch. Sie sah Margot mit großen, trotzigen Augen an. «Und selbst gemacht hat sie es nicht. Sie haben doch auf den Fotos gesehen, was für ein fröhlicher, zufriedener Mensch sie immer war. Und gut verdient hat sie auch, sogar so viel, daß sie sich das Haus in Bissone leisten konnte. Nein, nein, Bella hat sich nicht umgebracht.»

«Wollte Ihre Schwester eigentlich ganz in die Schweiz ziehen?» fragte Margot.

«Nein, nicht ganz. Aber sie wollte so oft wie möglich dort sein. Das sollte doch ihr Liebesnest werden mit diesem Scheißkerl. Aber dann hätte ich mir sofort eine neue Stelle gesucht.»

Margot zog erstaunt die Augenbrauen hoch. «Sie haben für Ihre Schwester gearbeitet?»

«Ja, seit ich bei Zwiesel und Nelle aufgehört habe. Das war nach der Trennung von meinem Mann.» Sylvia stockte einen Moment. «Meine Güte, das ist auch schon wieder bald zwei Jahre her. Da hieß ich noch Göpel. Na, Schwamm drüber.»

«Wovon leben Sie denn jetzt?» fragte Margot unverblümt. Sylvia nahm die Frage gleichmütig auf. Sie wischte sich einen Kuchenkrümel vom Mund, bevor sie antwortete. «Als nächste Verwandte habe ich Bellas gesamten Besitz geerbt. Die Wohnung hier in Hamburg, das Bargeld auf den Konten. Den Kaufvertrag für das Haus in Bissone versuche ich gerade rückgängig zu machen.» Sylvia schluckte und fügte dann leise hinzu: «Sie hatte sich so darauf gefreut.» Nach einer weiteren Pause fuhr sie gefaßter fort: «Sie hat mir ein gutes Gehalt gezahlt, meine Schwester. Dafür habe ich ihre Korrespondenz gemacht, Termine abgesprochen, habe mich auch um ihren Haushalt gekümmert. Mädchen für alles eben. Ohne mich wäre sie aufgeschmissen, hat Bella oft gesagt.»

«Bis Ötting kam», ergänzte Margot, und sie wußte, daß sie den Finger in die Wunde hielt. Sylvia kniff die Lippen zusammen und starrte auf ihre Fingernägel.

«Dabei wollte der sie doch gar nicht. Das Haus in der Schweiz, ihre Zukunftspläne mit ihm – das waren doch Hirngespinste. Aber ihr ging es nur noch um ihn. Bert, Bert, Bert. Bella war wie verrückt, fanatisch geradezu.»

Margot stellte sich Bert vor, wie er immer stärker unter Druck geriet, bedrängt von einer willensstarken Frau, die nicht gewohnt war zu verlieren. Margot sah ihn förmlich vor sich, wie er sich bemühte, seine ungeduldige Geliebte zu besänftigen. Wie er ihr schmeichelte, sie vertröstete, ihr halbherzige Versprechungen machte und Aussprachen ein um das andere Mal vertagte. War es denkbar, daß ein intelligenter Mann wie Bert sich so weit in Existenzängste hineinsteigerte, bis er nur noch einen Ausweg sah – Mord? Aber nein, nein, das war unmöglich. Margot rief sich zur Ordnung und stand auf. «Ich muß jetzt gehen», sagte sie, «danke für Ihre Offenheit. Ich hoffe mit Ihnen, daß der Tod Ihrer Schwester bald geklärt werden kann.»

Sylvia war ebenfalls aufgestanden und war bereits dabei, Geschirr und Kuchenreste auf ein Tablett zu räumen. «Sie haben einen Sahnefleck am Ärmel», sagte sie, als habe sie Margots vorangehende Bemerkung gar nicht wahrgenommen. «Nebenan ist das Bad, wenn Sie ihn rauswaschen wollen.» Margot sah sie verwundert an. Diese Frau schaffte es mühelos, in dem einen Moment vor Haß zu schäumen und schon im nächsten Moment so belanglos und sachlich zu sein, als sei sie abgestorben.

Während Sylvia sich weiter am Tisch zu schaffen machte, ging Margot in den kleinen Flur hinaus und schloß die Tür hinter sich. Der Flur maß etwa zwei mal vier Meter. Er war weiß tapeziert und mit einem hellen Teppichboden ausgelegt. Kein Wandschmuck, nur zwei goldfarbene Garderobenhaken, an denen ihre eigene Jacke und Sylvias Mantel hingen. Bestes Tuch, dachte Margot anerkennend und warf einen schnellen Blick auf das Etikett. Joop. Na dann. Sie besann sich auf den Sahnefleck an ihrem Ärmel, ignorierte dennoch das Badezimmer nebenan und öffnete statt dessen die Tür gegenüber einen Spaltbreit. Ihr Blick fiel auf ein ordentlich gemachtes Bett mit einer dunkelroten Tagesdecke. Es stand direkt unter dem Fenster. Margot fixierte das niedrige Bücherregal aus Holz, das neben dem Bett stand und offenbar als Nachttisch diente.

«Das glaube ich nicht», murmelte sie und wagte sich einen Schritt weiter ins Zimmer. Hinter sich hörte sie durch die geschlossene Tür Sylvia mit Geschirr klappern. Margot stand jetzt neben dem Regal an Sylvias Bett und betrachtete den kleinen ovalen Bilderrahmen mit dem Foto, das jemand offenbar paßgenau ausgeschnitten hatte. Man konnte noch die Schnittstellen der Schere sehen. «Das glaube ich nicht», wiederholte Margot leise. Das Gesicht, das ihr da aus dem Bilderrahmen entgegenlächelte, war ihr wohl vertraut. Es war das Gesicht Herbert Öttings.

14

In der Kanzlei Zwiesel und Nelle am vornehmen Harvestehuder Weg herrschte helle Aufregung. Die Polizei war im Haus und brachte das wohltemperierte Arbeitsklima in den fünf Räumen der gepflegten Altbauetage durcheinander.

Am frühen Mittag hatten zwei Kriminalbeamte mit dem schmiedeeisernen Messingklopfer, der die Form einer Hansekogge hatte, so lautstark gegen die massive Eingangstür geklopft, wie es sich ein Mandant nie erlauben würde. Jedenfalls kein Mandant von Zwiesel und Nelle. Anita Pierink, die Rechtsanwalt und Notar Dr. Jan-Peter Zwiesel schon seit zwanzig Jahren als erste Schreibkraft diente, war eilends aus ihrem Vorzimmer über den Parkettfußboden der großen Diele gelaufen in der Gewißheit, wieder einmal einen dieser jungen Paketboten zurechtweisen zu müssen, die kein Gespür für die angemessene Lautstärke mehr zu haben schienen. Als sie dann aber die Tür öffnete, sah sie sich zwei Hünen gegenüber, wie sie später ihrer unverheirateten Kusine beim Abendbrot erzählte.

«Ich hab gleich gewußt, daß das keine Mandanten von uns sein können, Gerlinde, nicht mit diesem Knittermantel, den der Ältere anhatte. Und der andere erst, mit so einer kurzen, gesteppten Jacke und Blue jeans, also daß die das dürfen bei der Polizei! Jedenfalls hab ich erst gedacht, die haben sich bestimmt verlaufen.»

Aber sie hatten sich nicht verlaufen, und nachdem Frau Pierink sorgfältig ihre Ausweise studiert hatte, wozu sie eigens die randlose Brille aufsetzte, die ihr an einer goldenen Kette um den Hals hing, ließ sie die beiden in der großen, quadratischen Diele warten, von der fünf Türen in die jeweiligen Büros abgingen. Nur zwei Minuten später erschien sie wieder und führte sie – «wenn die Herren mir bitte folgen wollen» – durch ihr Vorzimmer hindurch in das Allerheiligste ihres Chefs.

Rechtsanwalt Dr. Jan-Peter Zwiesel erhob sich aus einem wuchtigen Ledersessel und ging gemessenen Schrittes um seinen glattpolierten englischen Schreibtisch herum den Besuchern entgegen. Er trug einen taubengrauen Anzug mit blauem Einstecktuch, dazu ein hellblaues Hemd mit einer zierlichen schwarzen Fliege. Sein weißes, schon leicht schütteres Haar war sorgfältig nach hinten gekämmt und mit einem Hauch Pomade in Form gehalten. Nachdem Kommissar Zazek sich und seinen Kollegen vorgestellt hatte, bot Zwiesel ihnen Platz an auf zwei Stühlen, die vor seinem Schreibtisch standen. Er selbst setzte sich wieder in seinen wuchtigen Ledersessel.

«Was kann ich also für die Kriminalpolizei tun?» fragte er jovial und sah dabei Zazek an.

«Wir ermitteln in zwei Todesfällen, die möglicherweise miteinander zusammenhängen. Sagen ihnen die Namen Bella Sievers und Alfred König etwas?» fragte Zazek, während er gleichzeitig in seinem Notizblock einige Seiten vorblätterte. Zwiesel zog überrascht die Augenbrauen hoch. «Nein, wie kommen Sie darauf? Sind das die Opfer oder die Täter? So oder so, ich kenne beide nicht.» Zazek ärgerte der herablassende Tonfall, deshalb sagte er jetzt eine Spur schärfer: «Nicht so hastig, vielleicht erinnern Sie sich nur nicht. Sievers und König sind die Opfer, den oder die Täter suchen wir noch, und deshalb sind wir hier. Die Frau des Alfred König arbeitet in Ihrer Kanzlei.» Zwiesel rückte verlegen seine Fliege zurecht, faßte sich aber schnell. «Nun ja, König heißen viele, da ist mir unsere Frau König im Moment natürlich nicht in den Sinn gekommen, zumal sie in den vergangenen Wochen hauptsächlich für meinen Sozius Dr. Nelle gearbeitet hat. Deshalb weiß ich auch gar nichts von der Sache. Ihr Mann ist also tot?»

«Er wurde gestern ermordet aufgefunden. Spricht sich denn so was nicht rum bei Ihnen im Büro?» fragte Zazek überrascht. Rechtsanwalt Zwiesel sah sich erneut veranlaßt, seine Fliege zu befingern. Die wird noch speckig, wenn er so weitermacht, dachte Zazek. Der Anwalt antwortete nicht direkt auf Zazeks Frage. Statt dessen drückte er auf einen Knopf der Gegensprechanlage, die rechts vor ihm auf dem blankpolierten Mahagonitisch stand, beugte sich leicht darüber und sagte mit monotoner Stimme: «Frau Pierink, wenn Sie mal eben kommen möchten.» Nur Sekunden später trat sie ein und blieb abwartend an der geöffneten Tür stehen. «Wieso weiß ich nichts davon, daß der Mann unserer Frau König gewaltsam gestorben ist?» fragte Zwiesel mit nun leicht gehobener Stimme. Anita Pierink ließ die Arme fallen, drehte die Handflächen nach außen und zog die Schultern ein wenig hoch. «Ich bin noch nicht dazu gekommen, es Ihnen zu sagen, Sie waren doch den ganzen Vormittag beschäftigt», sagte sie, «und Frau König hat ja sowieso noch drei freie Tage, da brauchte sie also nicht extra frei nehmen.

Ich werde natürlich veranlassen, daß ihr schriftlich kondoliert wird.»

Dann ist es ja gut, du alte Zimtzicke, dachte Zazek. Laut sagte er: «Sie wissen es jedenfalls. Hat Karin König Sie angerufen, oder wie haben Sie von dem Todesfall erfahren?»

«Ja, sie hat angerufen, aber sie wirkte nicht sehr erschüttert, das muß ich wohl sagen.» Anita Pierink zog empört die Mundwinkel nach unten. «Sie hat versichert, daß sie wie geplant in drei Tagen zur Arbeit kommt.»

«Kannten Sie Alfred König?» fragte Zazek.

«Kennen wäre zuviel gesagt. Er hat seine Frau ein paarmal vom Büro abgeholt. Er war etwas ungehobelt, nicht wahr, und auch etwas aufdringlich.»

«Inwiefern aufdringlich?» setzte Zazek nach, der sich nicht vorstellen konnte, daß irgendwer den Wunsch haben konnte, sich Anita Pierink aufzudrängen. «Er hatte wohl ein Auge auf eine unserer Aushilfen geworfen. Jedenfalls schien es mir so. Ich habe sogar gedacht, daß er seine Frau eine Zeitlang nur deshalb öfter hier abgeholt hat. Als diese Aushilfe nämlich bei uns aufgehört hat, da ist er kaum noch erschienen.»

«Wann war das und wie hieß die Frau», fragte Zazek. Anita Pierink überlegte einen Moment. Sie stand immer noch in der halb geöffneten Tür. «Das ist bestimmt schon zwei Jahre her», sagte sie schließlich. «Die Frau hieß Göpel, den Vornamen habe ich vergessen.»

Zazek sah seinen Mitarbeiter an, der nickte kurz. Zazek wandte sich jetzt wieder dem Anwalt zu, der dem Gespräch schweigend zugehört hatte. «Wie viele Angestellte arbeiten hier in der Kanzlei, Dr. Zwiesel?»

Die Antwort kam unverzüglich, als habe er die Frage erwartet. «Mein Sozius hat eine Sekretärin und eine Aushilfe, besagte Frau König eben, und ich habe auch eine Sekretärin und eine Aushilfe. Darüber hinaus geht uns eine junge Anwältin drei Tage die Woche zur Hand. Sie hat ein kleines Kind und möchte nicht ganz die Anbindung an den Beruf verlieren. Reicht Ihnen diese Auskunft?»

Die Frage klang gereizt und in Verbindung mit einem Blick auf die Armbanduhr sollte sie wohl zum Abschluß dieser Unterredung auffordern. «Danke, ja», antwortete Zazek ungerührt, «das wären also außer Ihnen und Ihrem Sozius noch fünf weitere Personen. Wir sind leider gezwungen, jeden einzeln zu sprechen. Das wird mein Kollege Brandt übernehmen.» Er deutete auf seinen Mitarbeiter. «Treffen Sie bitte alle weiteren Absprachen diesbezüglich mit ihm.»

Zazek stand auf und knöpfte seinen Mantel zu. Mit Genugtuung sah er, daß sowohl Zwiesel als auch dessen Sekretärin sprachlos waren über die Bestimmtheit, mit der ihnen Anweisungen erteilt wurden.

«Ich danke Ihnen für Ihr Entgegenkommen», setzte er hinzu, um vorsichtshalber einen verspäteten Protest im Keim zu ersticken. Mit einem kurzen Kopfnicken in die Runde verabschiedete er sich.

15

Auf dem Jungfernstieg drängten die Autos in Zweierreihen raus aus der Stadt. Der Wochenendverkehr begann jeden Freitagmittag pünktlich um halb zwei, wenn Tausende mit Surfbrettern auf dem Autodach, Friesennerz im Kofferraum und der Kühlbox auf dem Rücksitz aufbrachen, um die Strände von Nord- und Ostsee umzupflügen. Es dauerte etwa drei Stunden, bis endlich der letzte in der Kolonne die Stadt verlassen hatte und für die Zurückgebliebenen die Chance bestand, zwei Ampeln in weniger als einer Stunde zu schaffen.

Margot hätte sich normalerweise geärgert, daß sie so dumm war, mitten in das Wochenendchaos hineinzufahren, anstatt einen Umweg zu machen. Heute aber kurbelte sie gelassen ihr Seitenfenster runter, schaltete in den zweiten Gang und kuschelte sich in ihren durchgesessenen Autositz. Sie blinzelte in die milde Herbstsonne und sah plötzlich ein Bild vor ihrem inneren Auge auftauchen. Die kleine Margot, keine zehn Jahre alt, auf dem Rücksitz eines behäbigen Daimler. Vor sich den geraden, schlanken Rücken des Vaters und neben ihm im Halbprofil ihre kleine, zierliche Mutter mit der unverwechselbaren Stupsnase. Sie waren auf dem Weg zu ihrem kleinen Häuschen in der Heide, wo es einen verwilderten Garten gab mit hohem, festem Gras und alten Bäumen. Freitags mittags holten die Eltern Margot an der Schule ab. Auf dem Rücksitz lagen belegte Brote für sie bereit und eine Thermoskanne Kakao. Margot liebte diese Stunde, in der es im Schneckentempo hinausging aus der Stadt, bis sie zu den Elbbrücken gelangten, sie überquerten und dann in zügigerem Tempo noch eine halbe Stunde bis zu ihrem Heidedorf fuhren. Kauend und kakaoschlürfend betrachtete sich Margot die Menschen in den anderen Autos. Manche winkten, wenn sie den neugierigen Kinderblick sahen, dann winkte Margot zurück. Wenn sie in einem der anderen Autos zwei oder drei Kinder sitzen sah, wurde sie manchmal etwas traurig, weil sie auch gerne einen Spielkameraden dabeigehabt hätte. Margot wünschte sich sehnlichst Geschwister, und eine Weile hatte sie sogar heimlich Zucker auf die Fensterbank gestreut, weil sie gehört hatte, daß das helfen soll. Es half aber nicht. So wurde aus Margot ein behütetes einziges Kind, das lernte, mit sich selbst auszukommen. Während der einsamen Wochenenden in der Heide erfand sie ganze Regionen von Gefährten und für sich selbst Rollen. Sie war Prinzessin, Filmstar, Pirat, Detektiv, Retter oder Opfer, das gerettet wurde. Erst als sie in die Pubertät kam, als Jungens interessant wurden und das richtige Leben ein einziges flirrendes Abenteuer zu sein schien, verließ sie ihre Märchenwelt.

Mehr als zwanzig Jahre später war Margot um viele Erfahrungen reicher und um noch mehr Illusionen ärmer. Sie hatte sich in ihrem Beruf durchgekämpft und konnte davon gut leben. Daß sie freiberuflich arbeitete, war ein Zugeständnis an ihre Unfähigkeit, mit Chefs zurechtzukommen. Sie war weder diplomatisch noch gehorsam, und kratzbürstig war sie obendrein.

Das Autoradio dudelte «forever you». «Von wegen»,

murmelte Margot und schaltete verärgert aus. Ihre gemütlich-nostalgische Stimmung war dahin, verscheucht von ihren eigenen Gedanken, die sie in eine Ecke gelockt hatten, in die sie nicht wollte. Und doch dachte sie jetzt zwangsläufig an Harald, der gegangen war, weil er ihren «gnadenlosen Dickkopf» nicht mehr ertragen konnte. Das war erst ein paar Monate her und puckerte unter der Oberfläche wie Zahnweh. Das aber wußte nur Margot selbst. Für die Außenwelt war sie noch eine Idee schnodderiger und betriebsamer geworden als gewohnt. Genau besehen kannten nur wenige ihre weiche Seite, ihren Hang zum Träumen, ihre Freude am Verwöhntwerden. Einer der wenigen war Bert. Bert, der ihr in langen Jahren zum unentbehrlichen Gesprächspartner und Vertrauten geworden war und der ihr dennoch seine Affäre mit Bella verheimlicht hatte, der ihr sicher noch einiges mehr verheimlichte. Was, zum Beispiel, hatte sein Foto neben Sylvias Bett zu suchen?

Margot blinkte nach rechts und verließ den Troß der Wochenendfahrer. Sie fuhr an den Landungsbrücken vorbei in die engen Straßen von St. Pauli. In einem dieser verwinkelten Sträßchen wohnte Gisela Nehling, die Putzfrau von Bella und Sylvia Sievers. Margot parkte vor einer Bäckerei, weil ihr einfiel, daß die Frau bei ihrem ersten Treffen einen Berg Kuchen verdrückt hatte. Nachdem sie gerade erst Sylvias Sahneschnitten überstanden hatte, fühlte Margot eine leichte Gegenwehr ihrer Galle beim Anblick von noch mehr Süßem. Aber sie zögerte nur kurz, die Pflicht ging vor, das mußte auch eine Galle einsehen.

Als sie die Bäckerei wieder verließ, balancierte Margot

auf der linken Hand ein rosa eingepacktes Kuchenpaket mit vier Stück Sahnetorte. Mit der Rechten versuchte sie eine Telefonkarte aus ihrer Umhängetasche zu ziehen. Sie würde jetzt Frau Nehling anrufen und sich zum Kaffee einladen.

Zwei Stunden später verließ Margot Frau Nehlings Wohnküche in der festen Überzeugung, daß dieser knurrige Kommissar ihre abendliche Verabredung nicht bereuen würde.

Sein gönnerhaft-väterlicher Tonfall während ihres Telefonats wurmte sie immer noch ein wenig. Andererseits war sie neugierig auf ihn. Knarzig und eigenwillig hatte er geklungen am Telefon, eine Mischung, die sie bei Männern immer anziehend fand.

Normalerweise hätte dieser Eindruck ihre Vorfreude auf das abendliche Treffen angeheizt. Aber dieses Mal gab es einen Wermutstropfen.

Margot stöhnte und schaltete in den dritten Gang, sie hatte endlich die engen Straßen von St. Pauli verlassen und fuhr jetzt zügig Richtung Winterhude, wo sie mit Zazek in einem Restaurant verabredet war. Noch zehn Minuten hatte sie Zeit, sich zu entscheiden. Sollte sie dem Kommissar berichten, was sie bei Gisela Nehling erfahren hatte, auch wenn sie damit Herbert Ötting in große Schwierigkeiten brachte? Sicher würde es die Polizei bald selbst herausfinden. War es richtig, solange zu warten?

Als sie in die Dorotheenstraße einbog, hatte Margot sich entschieden: Sie würde Zazek davon berichten.

Mehr erstaunt als verletzt, registrierte sie, in welchem Tempo sich ihre herzliche Freundschaft zu Bert aufzulösen begann, seit sie wußte, daß er sie getäuscht und belogen hatte. Er ahnte es noch nicht, aber er war bereits in ihrem privaten Erinnerungsarchiv unter dem Etikett «Irrtümer» abgelegt.

«Kind», hätte ihre Mutter wieder vorwurfsvoll gesagt, «du hakst Menschen ab wie einen Einkaufszettel.» Ganz so einfach war es natürlich nicht. Schon spürte sie das vertraute Magendrücken, das sich immer einstellte, wenn ihre Gefühle durcheinandergerieten. Sie wußte, daß sich ihre Magenschmerzen steigern würden bis hin zu Krämpfen, als gelte es, einen Teufel auszutreiben. Nach ein paar Stunden aber würde sie sich besser fühlen und in der Lage sein, den Freund verloren zu geben.

16

Die kleine Kneipe in der Dorotheenstraße war gut besucht. An dem blankpolierten Tresen hockten sechs Männer und zwei Frauen vor ihrem Feierabendbier. Die wenigen Tische links vom Eingang waren bis auf einen besetzt. Der Kellner jonglierte über die Köpfe der Gäste hinweg Tabletts mit dampfenden Spaghetti, überbackenen Toasts und bunten Salaten.

Margot blieb am Eingang stehen und musterte die Leute am Tresen und an den Tischen. Kommissar Zazek war offenbar noch nicht da. Also steuerte sie den einzigen freien Tisch an, der etwas abseits in einer Fensternische stand. Nachdem sie zufrieden registriert hatte, daß sie sich hier ungestört unterhalten konnten, ließ sie ihre chronisch vollgestopfte Tasche, ein Mittelding zwischen Rucksack und Bordkoffer, neben den Stuhl plumpsen, setzte sich erleichtert und begann die Speisekarte zu studieren.

«Der Hit des Hauses sind gefüllte Champignons mit Knoblauchsauce. Polizeilich getestet und für gut befunden.» Zazek setzte sich lächelnd auf den Stuhl ihr gegenüber. «Aber ich möchte Sie nicht daran hindern, die Speisekarte auswendig zu lernen.»

Margot lächelte zurück. «Ich war kurz davor, sie als Vorspeise zu verputzen», sagte sie, «dieser Geruch, der ständig an mir vorüberzieht, hat meine Magensäfte rebellisch gemacht. Gefüllte Champignons, das klingt gut.»

Nachdem sie bestellt und der Kellner den Bordeaux gebracht hatte, kam Zazek unumwunden zur Sache.

«Wir sind also beide an dem Fall Bella Sievers dran, und beide wollen wir wissen, was da wirklich passiert ist. Es kann in der Tat nicht schaden, wenn wir zusammenschmeißen, was wir wissen, und es gemeinsam sortieren. Das muß aber vertraulich geschehen, habe ich da Ihr Wort?»

«Hundertprozentig.» Margot hob zur Bestätigung Zeige- und Mittelfinger der linken Hand und bildete ein V.

«Ich verwende nur, was wir absprechen. Und Sie wissen doch, daß kein Journalist geheime Quellen verrät. Sie versiegen sonst auch allzu schnell.»

«Das klingt so konspirativ.» Zazek rollte nachdenklich den runden Kelch des Weinglases zwischen seinen Händen hin und her.

«Mir geht es nicht um Geheimniskrämerei, sondern um Informationsaustausch. Im Grunde will ich Ihre wache Intelligenz nutzen, die, soweit ich gehört habe, der Polizei auch schon Dienste geleistet hat bei dem Mordfall in dieser Schauspielertruppe.»

Margot sah ihn überrascht an. Er hatte sich erkundigt? Die Geschichte lag ein knappes Jahr zurück. Sie hatte damals eine Reportage über ein Privattheater schreiben wollen, das finanziell in die Klemme geraten war, und während ihrer Recherche war ein Mitglied der Truppe ermordet worden. Wie jetzt auch, hatte Margot der detektivische Ehrgeiz gepackt, und sie hatte der Polizei einige nützliche Hinweise liefern können. Es schmeichelte ihr, daß Kommissar Zazek sich dafür interessierte, und sie gestand sich diese kleine Eitelkeit ohne weiteres zu.

«Dann wissen Sie sicher auch», entgegnete sie, «daß ich damals nichts rausposaunt habe, was mir im Vertrauen gesagt wurde.»

«Gut, vertun wir keine Zeit, fangen wir an.»

Zazek machte eine kurze Pause, als der Kellner die zwei Portionen dampfender, duftender Champignons brachte, und fuhr dann fort. «Wir haben eine tote Schriftstellerin, die sechs bis acht Stunden vor ihrem Tod wissentlich oder unwissentlich Gift zu sich genommen hat. Die Substanz war entweder im Tee oder in einem Sandwich, das ihr der Zimmerservice gebracht hat, oder in einem der Hustenbonbons, die sie gegen ihre Halsschmerzen gelutscht hat. Mehr hatte sie laut gerichtsmedizinischem Protokoll nicht im Magen.» Zazek stippte ein Stück Weißbrot in die Knoblauchsauce und biß herzhaft hinein. Er spülte mit einem Schluck Rotwein nach und sprach weiter.

«Was wir nicht haben, ist ein Hinweis auf oder ein Motiv für einen Selbstmord. Ein Motiv für einen Mord allerdings hätten wir, womit wir bei unserem Verdächtigen Nr. 1 sind, Ihrem Kollegen Ötting. Der allerdings war laut eigener Aussage am Tattag nicht in Berlin. Er hatte demnach zwar ein Motiv, aber nicht die Gelegenheit. Ob er die Mittel hatte, sich also das Gift beschaffen konnte, prüfen wir derzeit.»

Zazek schob sich einen halben Champignon in den Mund.

Margot, die aufmerksam zugehört hatte, hakte schnell ein. «Jeder kann sich Gift besorgen, das wäre kein Beweis gegen Ötting, wenn sich herausstellen sollte, daß er eine Quelle hätte haben können. Und was das Motiv betrifft: Wenn jeder verheiratete Mann seine unbequeme Freundin auf diese Weise abschaffen würde, wäre halb Deutschland entvölkert. Das regelt man doch wohl anders.»

«Sicher, auch die meisten Schwiegermütter sterben im Bett», sagte Zazek, indem er das nächste Weißbrot zum Stippen vorbereitete, «aber immer mal wieder knallt eben doch einer durch, und unser Kandidat wurde vorher von seiner Herzensdame unter Druck gesetzt. Die wollte es wissen, und da wäre das traute Heim mitsamt der Finanzen den Bach runtergegurgelt. Reicht das als Motiv? Und das Gift kann er sich über einen heruntergekommenen Apotheker besorgt haben, der Frau Sievers letztes Buch mitsamt dem Namenszug Ötting in der Tasche hatte, als wir ihn fanden.»

«Was?» rief Margot so laut, daß sich das Paar am Nebentisch neugierig umdrehte. «Entschuldigung», fügte sie leiser hinzu, «aber das hat mir Bert ...», sie räusperte sich und setzte neu an, «... hat mir Herr Ötting nicht erzählt. Was hat der Apotheker dazu ausgesagt?»

«Nichts, weil er mit einem Loch im Kopf tot an der Alster lag.»

«O Gott.» Margot schob ihren Teller beiseite. «Wie hieß der Mann?»

Zazek zog seine Aktentasche unter dem Stuhl vor und entnahm ihr ein Foto, das er Margot hinhielt.

«Alfred König. Das ist er. Schon mal gesehen?»

«Allerdings, erst heute», sagte Margot gedehnt.

«Nun hören Sie aber auf, wie soll denn das gehen», rief Zazek entgeistert.

Er hatte seinen Teller leergeputzt und schob ihn nun auch zur Seite.

«Natürlich habe ich ihn nicht persönlich gesehen, sondern sein Konterfei in einem Fotoalbum.» Margot ließ sich Zeit mit ihrer Antwort, denn erstens mußte sie diesen neuen Aspekt erst selbst verdauen, und zweitens genoß sie das verdutzte Gesicht ihres Gesprächspartners.

«Na, nun sagen Sie schon», drängelte Zazek, «in welchem Fotoalbum.»

«Bei Sylvia Sievers, geschiedene Göpel, der Schwester der armen Bella. Ich war heute ziemlich lange bei ihr.»

«Göpel, Göpel», stöhnte Zazek und schlug sich vor den Kopf. «Natürlich, die hat ja mal bei Zwiesel und Nelle gearbeitet. Genau wie die Witwe von König.»

«Ich habe noch ein anderes Foto gesehen.» Margot zögerte, bevor sie weitersprach. Sie war im Begriff, einem alten Freund große Schwierigkeiten zu machen. Unsinn, ermahnte sie sich, du selbst hast ihn vor wenigen Minuten zum Ex-Freund degradiert, spar dir also jede Art von Sentimentalität.

«Ich habe», fuhr sie fort und fixierte Zazek mit einem ernsten, entschlossenen Blick, «auf Sylvias Nachttisch ein Foto von Ötting gesehen, im Siberrahmen. Deshalb habe ich, bevor ich hierherkam, noch einmal mit der Putzfrau der Schwestern gesprochen. Wissen Sie, was die mir erzählt hat?»

Zazek erwiderte ihren direkten Blick und lächelte. «Sie haben Augen wie eine Katze. Paßt irgendwie zu Ihrer detektivischen Passion. Was also hat sie erzählt?»

«Was ich schon immer wissen wollte – mögen Sie Katzen?» konterte Margot und schob ein kurzes albernes «Miau» hinterher.

«Mit eingefahrenen Krallen schon», sagte Zazek mit breitem Grinsen.

Margot spreizte ihre Finger und ließ ihre Hände dann mit theatralischer Geste unter den Tisch gleiten.

«Keine Krallen», sagte sie, «soll ich jetzt ’ne Runde schnurren?»

«Ich komme auf das Angebot zurück. Vorher würde ich aber gerne erfahren, was sie gesagt hat, die Putzfrau.»

«Sie hat auch einen Namen», sagte Margot. Die Krallen waren nicht lange unter dem Tisch geblieben. «Sie heißt Nehling.»

«Und zwar Gisela Nehling. Sollten Sie es vergessen haben, auch ich beschäftige mich mit diesem Fall.

«War nicht so gemeint», murmelte Margot, «Sie haben ja recht.» Sie schob ihr Weinglas zur Seite und nahm sich vor, den Abend mit Wasser zu beschließen. «Gisela Nehling jedenfalls hat mir Folgendes erzählt: Sylvia war offenbar derart in Herbert Ötting vernarrt, daß sie den Bezug zur Realität aus den Augen verlor. Sie las jede Zeile, die er schrieb, kaufte all seine Bücher, schnitt seine Fotos aus Klappentexten aus – eines davon landete im Silberrahmen auf ihrem Nachttisch – und nutzte jede Gelegenheit, um ihm zu begegnen. Gleichzeitig versuchte sie, ihn bei ihrer Schwester madig zu machen.» Margot trank einen Schluck Wasser und beugte sich über den Tisch näher zu Zazek. Niemand sollte hören, was sie dem Kommissar zu sagen hatte.

«Eines Tages», fuhr sie mit verhaltener Stimme fort, «hörte Frau Nehling von der Küche aus, wie Bella und Ötting sich stritten. Er war schließlich so wütend, daß er Bellas Wohnung verließ.» Margots Gabel stach in einen gefüllten Champignon, als gelte es, ihm den Gnadenstoß zu geben.

«Weiter», drängte Zazek, «oder spielen Sie erst mal Krieg auf Ihrem Teller?»

Margot ließ die Gabel sinken. Verräterin. Sie war eine Verräterin, auch wenn Bert für sie nur noch ein Ex-Bert war. Vielleicht war die Wahrheit ja auch viel harmloser, als sie befürchtete. Egal, raus damit. Sie setzte sich kerzengerade auf und erzählte weiter.

«Sylvia, die unmittelbar vorher dazugekommen war, weil sie angeblich Unterlagen für Bellas Steuererklärung brauchte, folgte ihm und schlug ihm vor, noch irgendwo einen Drink zu nehmen. Sie gingen in die Bar des *Elyssee*, aus einem Drink wurden zwei, aus zwei vier. Na ja, dann hatte sie ihn soweit. Sie hat ihn mit zu sich nach Hause genommen, und sie sind im Bett gelandet.»

«Und die Putzfrau immer dabei, oder wie?» fragte Zazek skeptisch.

«Warten Sie doch», sagte Margot und trank noch einen Schluck Wasser. «Der nächste Morgen war ein Dienstag, und dienstags geht Frau Nehling immer für vier Stunden Grundreinigung in Sylvias Wohnung. Sie hat einen Schlüssel, weil Sylvia gewöhnlich vormittags nicht zu Hause ist. An diesem Dienstag war sie es doch. Sie lag noch ziemlich benebelt im Bett, neben sich Herbert Ötting, der heftig schnarchte. Die arme Nehling hat ohne jede Vorwarnung die Schlafzimmertür aufgemacht und gedacht, achgottachgott, wenn das die Frau Bella wüßte.»

Margot machte eine Pause. Sie konnte sich diese öde Szene gut vorstellen. Sie roch förmlich die verbrauchte Luft in dem kleinen Schlafzimmer, diese Mischung aus Alkoholausdünstung, Schweiß und anderen Körpersäften, die der guten Frau Nehling beim Öffnen der Tür fast den Atem genommen haben mußte. Dann die zwei im Bett, sie mit verquollenen Augen und Brummschädel, während er noch seinen Rausch ausschnarcht.

Zazek räusperte sich. «Und», fragte er, «hat Frau Bella es erfahren?»

«Nein, jedenfalls nicht von Frau Nehling. Weil nämlich Sylvia, nachdem sie endlich die Situation erfaßt und sich aus dem Bett gequält hatte, wortreich darum gebettelt hat, nur ja ihrer Schwester nichts zu verraten. Und in einer Art Verschwörertaktik hat sie der Nehling eben erzählt, wie es dazu gekommen ist.»

Zazek kniff verärgert die Augen zusammen. Gisela Nehling hatte der Polizei gegenüber diesen Vorfall nicht erwähnt. Abgesehen davon schien die ganze Geschichte nicht schlüssig.

«Wenn Sylvia Sievers vernarrt war in Ötting und sich ebenfalls Hoffnungen auf ihn machte, wieso beharrt sie jetzt so entschieden darauf, daß er Bellas Mörder ist?» fragte er. «Das macht doch keinen Sinn.»

«Rache vielleicht», entgegnete Margot lau, während ihr die zweite, wichtigere Information, die sie von der Nehling hatte, schwer verdaulich im Magen lag, genau neben dem verdammten Bert und dem Gorgonzola.

«Rache, warum nicht», sagte Zazek. «Hat sich in eine starke Schieflage gebracht, Ihr Ötting. Zwischen zwei Stühlen zu sitzen ist ja schon schlecht, aber zwischen zwei exaltierte, rivalisierende Schwestern zu geraten muß die Hölle sein, geradezu mörderisch.»

Margot musterte ihn überrascht. «Einen saloppen Spruch hätte ich jetzt nicht erwartet. Ist das alles?»

«Das frage ich Sie.»

«Sie haben recht, da ist noch was. Bella Sievers hat Ötting erpreßt. Der Streit, den die Nehling mitangehört hat, Sie wissen schon. Bella hatte wohl Beweise gehortet, daß Ötting Schwarzgeld an der Steuer vorbeigeschmuggelt hat. Sie drohte, ihn der Steuerfahndung zu melden, wenn er sich nicht scheiden ließe. Sie wollte ihn um jeden Preis haben.»

«Donnerwetter.» Zazek klopfte anerkennend auf den Tisch. «Die Luft wird dünn für Ihren Herrn Ötting. Der hatte mehr als ein Motiv für einen Mord. Glauben Sie, daß er es getan hat?»

«Nein, das glaube ich immer noch nicht.» Margot rutschte unruhig auf ihrem Stuhl hin und her, in ihrem Magen waren offenbar schwere Geschütze in Stellung gegangen.

«Ich auch nicht, komischerweise, obwohl er mehr als ein Motiv hatte», entgegnete Zazek. «Wir haben einfach noch nicht alle Teile zusammen, die zu unserem Puzzle gehören, dennoch ergibt sich allmählich ein Bild. Wissen Sie was? Wenn Sie morgen nichts Besseres vorhaben, treffen wir uns in meinem Büro. Ich will Ihnen etwas zeigen.»

Falls ich morgen nicht im Magenkoma liege, dachte Margot, entschloß sich aber, ihr lästiges Problem gewohnt flapsig zu überspielen.

«Was soll ich schon am hellen Samstag Besseres vorhaben», sagte sie, «ich werde Richard Gere absagen, und schon habe ich Zeit. Wann soll ich kommen, und was wollen Sie mir zeigen?»

«Was ich Ihnen zeigen will, verrate ich nicht. Wie wär's mit 11 Uhr?»

Margot nickte zustimmend und verpaßte ihrem Gegenüber ein paar Pluspunkte. Ein sympathisches altes Knautschgesicht, dachte sie bei sich, während sie aufstand und sich ihr Handgepäck angelte.

«Diese Runde zahle ich», sagte Zazek und blätterte ein paar Scheine auf den Tisch, «die nächste geht an Sie.»

17

Eine Stunde nach diesem Treffen kurvte Margot noch immer in ihrem alten Golf durch die Straßen von Hamburg. Kurz vor Mitternacht waren nur wenige Autos unterwegs, die Strecke rund um die Alster war geeignet zum Entspannen und zum Nachdenken. Margots Gedanken kreisten derzeit um Stichworte: Apotheker, seine Witwe, Sylvia, Bella, Bert, Gift, Tessin, Drohung, Geld, Berlin, Hamburg, Motiv, Mittel, Gelegenheit.

Bert hatte ein Motiv, war aber nicht in Berlin zur fraglichen Zeit. Der Apotheker hatte möglicherweise das Mittel, aber kein Motiv. Oder doch? Auf dem Foto im Album hatte er Sylvia lachend um die Taille gefaßt. Es war die Sorte Schnappschuß, die sich für die gängige Unterzeile «aus glücklichen Tagen» eignete. Vielleicht war Margot das Foto deshalb in Erinnerung geblieben.

Was also, wenn der Apotheker nicht nur scharf auf Sylvia war, sondern auch auf das, was sie von Bella erben konnte?

Und Sylvia selbst? War sie nicht neidisch auf ihre immer und überall bevorzugte Schwester?

Margot schrak aus ihren Gedanken hoch. Hinter ihr hupte jemand. Ah, die Ampel hatte auf Grün geschaltet. Margot hob in einer entschuldigenden Geste die Hand hoch und fuhr an.

Erstaunt stellte sie fest, daß sie schon im Rosenstieg angekommen war, wo Bert mit seiner Familie wohnte. Sie war nur einmal bei ihm zu Hause gewesen. Reni sah es nicht gerne, wenn er Kollegen anschleppte, schon gar nicht Kolleginnen. Margot erinnerte sich an ein hell geklinkertes Haus mit einem Giebeldach und einem Erker. Aber davon gab es hier einige.

Langsam fuhr sie die Häuserzeile entlang, und da erkannte sie es an dem knallroten Briefkasten neben der schmiedeeisernen Eingangstür. Schon damals bei ihrem einzigen Besuch hatte sie sich über diese Geschmacksentgleisung gewundert, aber inzwischen hatte sie das Ungetüm fast vergessen.

Sie hielt vor dem Haus an und schaltete den Motor aus.

Im Erdgeschoß und in der ersten Etage brannte noch Licht, das oberste Stockwerk unterm Dach lag im Dunkeln. Margot vermutete, daß dort die Zimmer der Kinder waren. Also waren die Erwachsenen oder zumindest einer von ihnen noch wach. Sollte sie läuten? Läuten, hineinspazieren und Bert die Frage stellen, die schmerzhaft in ihrem Kopf festsaß: Hast du Bella Sievers getötet? Ja, verdammt noch mal. Bert hatte sie eingespannt, an ihre Freundschaft appelliert, sich bei ihr ausgeheult, sie hatte jetzt das Recht, diese Frage zu stellen.

Entschlossen ging Margot durch den Vorgarten auf das Haus zu. Sie hörte Stimmen aus einem der halbgeöffneten Fenster in der ersten Etage. Die Stimmen wurden lauter, je näher sie kam, und als sie an der Haustür angekommen war, verstand sie beinahe jedes Wort. Sie erkannte Berts Stimme und die seiner Frau Renate, beide klangen sehr aufgebracht. Margot stand vor der Tür und starrte auf den Klingelknopf. Sie zog ihre bereits ausgestreckte Hand zurück.

«Das kannst du nicht machen, du bringst mich um Kopf und Kragen.» Das war Bert.

«So? Kann ich nicht? Dann sag endlich, wo du am Sonntag wirklich warst. Zu Hause nicht, im Büro nicht, na, wo denn wohl?» schrie Renate zurück. «Bei ihr warst du. Morgens hin, mittags zurück, die halbe Stunde im Flieger ist doch ein Pappenstiel. Die Hosen hattest du voll, weil sie mich anrufen wollte. Hast dein verdammtes Haus hier unterm Hammer gesehen und Angst gehabt um dein schönes Bares, von dem das Finanzamt nichts weiß. Aber ich!» Hier kippte die Stimme um in ein hysterisches Lachen, das von einem Klatsch beendet wurde.

Sekundenlang war es totenstill, dann klappte irgendwo im Haus eine Tür zu. Margot horchte angespannt zu dem geöffneten Fenster hoch, vor dem sich eine Gardine leicht bewegte. Nichts. Hatte er seine Frau geschlagen, und sie war aus dem Zimmer gelaufen? Im Garten war es stockdunkel, und Margot fing an zu zittern vor Kälte und vor Aufregung. Was sollte sie nur tun? Sie konnte doch nicht einfach zurücklaufen zu ihrem Auto, nach Hause fahren und sich schlafen legen. Die Polizei anzurufen wegen eines streitenden Ehepaares war sinnlos, die würden sie auslachen.

Es half nichts, sie mußte läuten und abwarten, was passierte. Mit einem halben Schritt wandte sie sich wieder zur Klingel – und stand plötzlich Bert gegenüber. Er hatte die Eingangstür aufgerissen und wollte das Haus offenbar eilig verlassen. Den Mantel hatte er nur über die Schultern geworfen, in der linken Hand hielt er eine Aktentasche, in der rechten den Autoschlüssel. Er sah furchtbar aus. Unter den Augen lagen tiefe Schatten, und Margot registrierte sofort, daß seine Augenlider flatterten wie immer, wenn er sehr aufgeregt war. Als er sie sah, blieb er entgeistert stehen. «Du? Ich muß hier weg. Komm.» Damit packte er sie am Ellenbogen und zog sie über den Vorgarten hinaus auf die Straße. Dort blieb er unschlüssig stehen und betrachtete seinen Autoschlüssel, als sähe er ihn das erste Mal in seinem Leben. «Mist, mein Auto ist ja in der Werkstatt, hatte ich völlig vergessen.» Margot befreite ihren Ellenbogen aus seinem Griff und ging auf ihr Auto zu. «Steig ein», sagte sie, öffnete ihm die Beifahrertür und schubste ihn auf den Sitz. Sie lief um das Auto herum, setzte sich hinters Steuer und sah ihn an.

«Ehe ich losfahre, will ich wissen, wo deine Frau ist und was überhaupt los ist. Und rede Klartext, Bert Ötting, wenn ich bitten darf.»

Ötting hob erstaunt den Kopf und strich sich die Haarsträhnen aus der Stirn. In einem so rüden, abweisenden Ton hatte Margot noch nie mit ihm gesprochen.

«Was machst du denn hier um diese Zeit?» fragte er lahm.

«Später. Antworte mir gefälligst erst», gab Margot zurück.

Ötting rutschte tiefer in den Sitz, lehnte seinen Kopf an die Nackenstützen und warf einen gequälten Blick hinüber zum Haus.

«Wir hatten Streit», sagte er endlich, «Reni ist ausgerastet und ich auch. Zum Schluß habe ich ihr eine geknallt, damit sie endlich das Keifen aufhört, woraufhin sie heulend ins Schlafzimmer gerannt ist.»

«War es wegen Bella?» fragte Margot, die testen wollte, ob er ihr die Wahrheit sagte.

«Ja, wir haben doch kein anderes Thema mehr. Oh, hätt ich dieses Weib doch nie getroffen. Reni glaubt, ich hätte sie umgebracht.»

«Und? Hast du?» Endlich hatte sie die Frage gestellt. Margot sah Ötting an, der die Augen halb geschlossen hatte und am Ende seiner Kräfte schien.

«Nein», sagte er leise, «aber ich war bei ihr in Berlin am Sonntag. Ich wollte sie davon abbringen, Dummheiten zu machen. Ich dachte, ich könnte sie zur Vernunft bringen.»

«Schade, daß nie jemand versucht hat, dich zur Vernunft zu bringen», entgegnete Margot sarkastisch, «fahren wir erst mal zu mir nach Hause. Es gibt eine Menge zu erklären, mein Lieber, und du fängst noch heute nacht damit an.»

Vom Fenster ihres Schlafzimmers aus sah Renate Ötting mit versteinerter Miene dem abfahrenden Wagen nach, in dem sie ihren Mann erkannt hatte.

18

Während Margot in der Hallerstraße, nur wenige Schritte von ihrer Wohnung entfernt, aus ihrem Auto stieg und mit einem langen Atemzug die kühle, würzige Nachtluft einatmete, läutete im Polizeipräsidium das Telefon.

Eine Frau verlangte die Telefonnummer von Kommissar Zazek, es sei von größter Wichtigkeit. Ihr Name? Den wolle sie nur dem Kommissar sagen, wenn überhaupt. «Also, sagen Sie mir nun, wo ich ihn erreichen kann, oder nicht.»

«Gute Frau», sagte der diensthabende Beamte gedehnt und fixierte den Rekorder, der mit leisem Surren das Gespräch aufzeichnete, «es ist mitten in der Nacht, und wenn Sie etwas zu melden haben, dann tun Sie es. Dafür sitz ich nämlich hier. Und nicht, um Privatnummern von Kollegen weiterzugeben.»

Die Frau schien zu überlegen, denn durch das Telefon war ihr Atmen zu hören. Der Beamte klemmte den Hörer zwischen Kopf und Schulter und verstaute die Reste seiner mitgebrachten Brote in einer ovalen Aluminiumbüchse. In einer halben Stunde war Schichtwechsel. «Sind Sie noch dran?» fragte er und nahm den Hörer wieder in die Hand.

«Ja. Könnten Sie Zazek etwas ausrichten, jetzt gleich. Geht das wenigstens?» Die Frau klang resolut und wütend.

«Kommt drauf an, wie wichtig es ist», sagte der Beamte bedächtig und griff sich einen Bleistift. Die Schreibtischlampe warf einen gelben Kreis auf seinen Notizblock. «Sagen Sie mir Ihren Namen und worum es geht, dann sehen wir weiter.»

«Richten Sie ihm aus, er kann einen Fang machen in der Hallerstraße 79.» Der Beamte hörte zwei leise Pieptöne, dann war die Leitung tot. Zehn Minuten später schlüpfte Kommissar Zazek schlaftrunken in seine Hosen, und weitere zwanzig Minuten später saß ein sehr ungleiches Trio in Margot Thalers Wohnzimmer.

Da war Margot selbst. Sie saß auf der Couch und starrte in ihren Kaffeebecher, dessen Inhalt schon fast kalt war. Vor ihren Füßen auf dem Teppich kauerte im Schneidersitz Bert. Er stützte seinen Kopf in die linke Hand und kaute mechanisch auf einem Pfefferminzbonbon herum. Kommissar Zazek saß den beiden gegenüber in einem Korbsessel. Sein grauer dichter Haarschopf war zerzauster als sonst, und in sein Gesicht hatte die Müdigkeit noch tiefere Falten gegraben. Alle drei waren blaß, erschöpft und niedergeschlagen. Der Morgen graute schon, und sie hatten stundenlang Stück für Stück noch einmal alles zusammengetragen, was sie zu dem Fall Bella Sievers bisher wußten.

Bert hatte dem Kommissar gebeichtet, daß er am vergangenen Sonntag mit einem Freund in dessen Propellermaschine für zwei Stunden nach Berlin geflogen sei, um Bella zu beschwichtigen. Bert hatte endlich auch von dem toten Maulwurf erzählt und dem späteren Drohbrief. Er hatte von seiner kurzen Eskapade mit Sylvia berichtet und außerdem diverse halbseidene Steuertricks eingestanden, in die Bella eingeweiht war. Aber immer wieder hatte er verzweifelt bestritten, Bella vergiftet zu haben.

Kommissar Zazek hatte zugehört, nachgefragt und sich Notizen gemacht. Jetzt blätterte er die vollgeschriebenen Seiten in seinem Notizbuch durch.

«Ihre Frau weiß spätestens seit dem bewußten Sonntag von Ihrem Verhältnis mit Bella Sievers», sagte er unvermittelt zu Bert, «und zwar aus erster Quelle. Die Sievers hat ihre Frau aus Berlin angerufen. Das Telefonat mit ihrem Privatanschluß hat nachweislich stattgefunden, und da zu diesem Zeitpunkt niemand außer Ihrer Frau zu Hause war – Sie waren auf dem Rückflug von Berlin, und ihre Kinder waren bei den Großeltern –, kann nur Ihre Frau es entgegengenommen haben.»

«Aber dann hätte sie doch etwas gesagt, sie hätte geschäumt vor Wut. Ich versteh das alles nicht mehr.» Bert schüttelte resigniert den Kopf. Margot hatte das Bedürfnis, ihn in die Arme zu nehmen, besann sich aber und blieb mit ihrer Kaffeetasse auf dem Schoß ruhig sitzen. Sie spürte, daß Zazek im Begriff war, das Puzzle zusammenzusetzen. Er blätterte weiter in seinem Notizblock, zog die Augenbrauen hoch und sah Bert an, als sei ihm gerade etwas eingefallen. «Sie haben doch einen Garten und Gartengeräte.»

«Ja sicher, warum?» Zazek beantwortete die Frage nicht, sondern machte sich eine weitere Notiz, die er mit einem entschlossenen Punkt beendete. Er stand auf und reckte sich, rückte die Krawatte zurecht, stopfte das Hemd ordentlich in die Hose und sah sich nach seinem Mantel um, den er zu Beginn dieser langen Nacht auf irgendeinen Stuhl geworfen hatte.

«Nur gut, daß unser Polizeipräsident rausgeflogen ist, dann kann er mich wenigstens nicht dafür zur Rechenschaft ziehen, daß ich mir mit einem Hauptverdächtigen und einer neugierigen Journalistin die Nächte um die Ohren schlage, anstatt im Bett zu liegen oder Aktennotizen zu schreiben. Hat manchmal auch seine Vorteile, wenn die Chefs versagen. Dann kann unsereins wenigstens nach eigenem Gusto arbeiten. In welchem fernen Land weiht unser Innensenator eigentlich gerade eine Brücke ein?»

Ohne eine Antwort auf seine rhetorische Frage abzuwarten, reichte Zazek dem zusammengekauerten Bert die Hand und zog ihn hoch. «Sie nehmen sich jetzt mal 'ne Mütze Schlaf, so wie Sie aussehen. Wie die Dinge liegen, kommen wir morgen alle wieder zusammen. In meinem Büro, um 14 Uhr. Den Vormittag brauche ich noch, um einige Details zu klären.» Wie zur Bekräftigung klopfte er mit der flachen Hand auf seine Manteltasche, in die er sein Notizbuch gestopft hatte. Margot begleitete den Kommissar zur Tür. Als sie ins Wohnzimmer zurückkam, war Bert schon auf der Couch eingenickt. Margot legte eine Wolldecke über seine Beine, löschte das Licht und ging in ihr Schlafzimmer. Sie ließ sich aufs Bett fallen und war in derselben Minute eingeschlafen.

Der Samstag dämmerte schon herauf, aber keiner der beiden konnte ahnen, daß er ihnen Gewißheit bringen würde, ehe er sich wieder davonschlich, um dem Sonntag Platz zu machen. Zuvor aber würde dieser Samstag denen, die an dem Fall Bella Sievers mittelbar oder unmittelbar beteiligt waren, betriebsame, unruhige oder auch angstvolle Stunden bescheren.

19

Die Anwohner im gediegenen Rosenstieg trauten ihren Augen nicht. Mit gerümpften Nasen und spitzen Mündern lugten sie hinter ihren weißen Sprossenfenstern und blütenrein gewaschenen Gardinen auf ihre sonst so ruhige Straße. Was war da los? An einem Sonnabendmorgen kurz vor 8 Uhr ein solcher Auftrieb! Zwei Polizeiwagen waren dicht hintereinander vor Haus Nr. 7 vorgefahren. Nicht gerade mit Blaulicht und quietschenden Bremsen, aber immerhin.

Aus jedem Wagen waren zwei Polizisten ausgestiegen, mit Pistolen am Gürtel, aber die hatten sie ja wohl immer dabei. Zwei Beamte hatten bei Nr. 7 geläutet und waren ins Haus gegangen. Die anderen beiden standen noch auf dem Bürgersteig und schienen nach etwas Ausschau zu halten. Hinter den Gardinen wurde der Morgenkaffee kalt. Was machte die Polizei hier? Und dieser weiße Kastenwagen mit dem Logo der Hansestadt Hamburg an der Fahrertür, der jetzt hinter den zwei Polizeiautos anhielt, was hatte der zu bedeuten? Seine Besatzung, zwei Mann in Gummistiefeln und weißen Overalls, ging jetzt ebenfalls in das Haus Nr. 7, bepackt mit Schaufeln und Hacken und ein paar leeren blauen Plastiksäcken.

Nur eine knappe halbe Stunde später konnten die ratlosen Nachbarn beobachten, wie dieselben Männer ihr Gerät samt den nunmehr gefüllten Plastiksäcken wieder in den Wagen luden und davonfuhren. Nicht lange danach starteten auch die Polizeiautos, es wurde wieder ruhig am Rosenstieg.

Die Beobachter verließen ihre Fensterplätze und erörterten am Frühstückstisch, was sich wohl bei Öttings ereignet haben mochte. Die Knudsens von Nr. 5 und der zwölfjährige Sohn der Rüttgers von Nr. 9 tippten auf Einbruch, während Jan-Friedrich Petersen von Nr. 4 seiner Frau Ina eine ganz andere Theorie entwickelte.

«Die sind aufeinander losgegangen», sagte er, während er konzentriert und sauber sein Frühstücksei köpfte. «In der vergangenen Nacht, da haben sie sich gezankt, daß sich die Balken bogen. Ich hab's bis hierher gehört. Und unten hat die ganze Zeit eine Frau gestanden, die hat ihn mitgenommen, als er aus dem Haus gebraust kam. Hab ich genau gesehen.»

«Sitten sind das», erwiderte Ina Petersen kopfschüttelnd und dachte an Herbert Ötting. Ein interessanter Mann eigentlich. Aber das sagte sie nicht laut.

Während die Nachbarn der Öttings noch ihren Vermutungen nachhingen, stand der weiße Kastenwagen schon mit geöffneter Ladeklappe auf dem Parkplatz hinter dem Polizeipräsidium. Polizisten hatten die Ladung, drei prallgefüllte Plastiksäcke, auf das Pflaster gestellt und warteten nun auf weitere Anweisungen.

Kommissar Zazek öffnete behutsam den ersten Sack und betrachtete den Inhalt, ohne etwas anzurühren. «Aha, das Gartengerät. Gleich drei Spaten, sieh mal an, sind ausgestattet wie auf einer Ranch, die Herrschaften. Die ollen Lappen habt ihr auch eingepackt, sehr gut. Muß alles sofort ins Labor, die wissen schon Bescheid.»

Zazek trat einen Schritt zurück, um dem jungen Polizeibeamten Platz zu machen, der sich beflissen das Bündel schnappte. «Die zwei anderen Säcke in mein Büro», ordnete der Kommissar knapp an, drehte sich um und schlurfte zurück zum Haus. Nach der durchwachten Nacht fühlte er sich wie durch den Wolf gedreht, aber ausruhen konnte er sich morgen, heute bestimmt nicht. Heute würde er, das spürte er bis in die Fingerspitzen, der Lösung des Falles Bella Sievers ein entscheidendes Stück näherkommen, mit viel Glück sogar das entscheidende Stück.

Sein kleines, karges Büro roch nach frisch gekochtem Kaffee, jemand, wahrscheinlich einer der jungen Kollegen, die die Säcke raufgeschleppt hatten, mußte die Kaffeemaschine angeschaltet haben. Eine kluge Entscheidung, die, wie Zazek vermutete, aus Selbstschutz getroffen wurde, weil Hauptkommissar Zazek mit einem Frühstück im Bauch umgänglicher war als ohne. Manche der Grünschnäbel waren sogar so raffiniert, ihm belegte Brötchen aus der Bäckerei nebenan zu besorgen, was seine Laune gleich über Stunden im verträglichen, grünen Bereich hielt.

«Tschuldigung», sagte der junge Polizist, der beim Säkkeschleppen geholfen hatte und jetzt etwas linkisch ins Zimmer trat, in der Hand einen Pappteller mit belegten Brötchen. «Ich wollt nur sagen, das Labor faxt die Ergebnisse von den Spaten und so hierher. Ehm, das hier soll ich Ihnen geben.» Damit drückte er Zazek den Teller in die Hand und verschwand erleichtert.

«Ich beiß doch nicht», grummelte Zazek und ließ sich zufrieden auf seinen Stuhl plumpsen.

Vor ihm auf dem Schreibtisch lagen sorgfältig beschriftet und in verschiedene Stapel sortiert die Akten zum Fall Sievers mit allen Ermittlungsergebnissen der Hamburger und der Berliner Kripo. Zazek kannte alle Details und hatte sie wie bei einem Kaleidoskop so lange hin und her geschüttelt, bis sie sich zu einem Ganzen formten. Mit noch ein paar blinden Flecken, das mußte er zugeben, samt der Tatsache, daß er auch noch kein Geständnis hatte. Noch nicht. Aber das eben war ja das Aufregende an einem solchen Finale, wie er es für heute arrangiert hatte. Genaugenommen waren es diese Inszenierungen, die er an seinem Beruf liebte. Sie waren das Sahnehäubchen, während die Hamsterarbeiten, die dem vorangingen, das Schwarzbrot waren.

Und wenn das alles an einem Samstag stattfand, um so besser. Zazek räkelte sich behaglich. Ein alter Hagestolz wie er, mit seinem Beruf verheiratet und in seinen heimischen vier Wänden nicht einmal einem Gummibaum verpflichtet, der hatte kein inniges Verhältnis zu einem freien Wochenende. Daß er nicht verheiratet war, störte ihn schon lange nicht mehr, schon gar nicht, nachdem er so viele kaputte Familien gesehen hatte. Diese Öttings zum Beispiel, und dabei wanderte sein Blick zu den Plastiksäkken, waren die etwa zu beneiden?

Er stand auf und begann ohne Hast, den Inhalt der Säcke zu sichten. Zwanzig Minuten später hatte er gefunden, was er suchte: eine Schere, an der Spuren von Kleber sowie ein winziger Papierschnipsel hafteten, entnommen der Nachttischschublade von Renate Ötting; die handschriftlich notierte Adresse eines Privatdetektivs, die in einem Buch auf dem gleichen Nachttisch versteckt war. Ferner drei DIN-A4-Blätter, die die Ermittler am Morgen im Hause Ötting ausgedruckt hatten, nachdem sie im Macintosh Performa 450, den vornehmlich Renate Ötting benutzte, eine Datei ohne Titel geöffnet hatten. Oberflächlich betrachtet sah es so aus, als habe hier jemand mit dem Computer geübt. Einzelne Wörter waren groß und fett, andere klein und kursiv geschrieben, Satzteile wurden variiert.

So war untereinandergeschrieben folgendes zu lesen:

Hüte dich, du Stinktier.

Paß auf, Maulwurf.

Baggern wie ein Maulwurf, enden wie ein Esel.

Zazek fragte sich, warum sie diesen letzten Satz nicht für ihre endgültige Fassung gewählt hatte, er fand ihn jedenfalls spritziger als «Maulwurf, paß auf». Zazek legte Zettel und Schere auf seinen Schreibtisch und stopfte alles andere zurück in die Säcke. Überflüssiges Zeug, er brauchte nur dies hier und die Bestätigung des Labors, daß die Blutspuren an den in Öttings Gartenschuppen sichergestellten Spaten von einem Tier stammten und etwa fünf Tage alt waren.

«Schafft mal die Säcke wieder zurück in den Rosenstieg, und bringt mir dafür die Renate Ötting zum Verhör», rief er durch seine halb geöffnete Bürotür in den Dienstraum, «möglichst gleich.»

Eine halbe Stunde würden sie brauchen, Zeit genug für ihn, um sich die Akte Alfred König noch einmal vorzunehmen. Es war jetzt halb zehn, er lag gut im Zeitplan. Als der junge Polizist die Plastiksäcke wieder aus dem winzigen Büro herausschleppte, war Bernd Zazek so sehr in seine Lektüre vertieft, daß er davon kaum etwas bemerkte.

20

Viele hundert Kilometer weiter südlich, in der italienischen Schweiz, betrat zur gleichen Zeit ein deutscher Kriminalbeamter die am Dorfrand von Bissone gelegene Kirche San Carpoforo.

Er ging langsam den gefliesten Mittelgang entlang auf den Hochaltar zu und ließ sich aufatmend auf eine Holzbank in der ersten Reihe fallen. Zum Glück schien niemand sonst hier zu sein, so konnte Hans Brandt für einen Augenblick die Augen schließen und seine Sinne schleifen lassen. Er lauschte auf die Stille, die zwischen alten Mauern wie diesen hier nie absolut war. Sie schien zu flirren, als wären die Wände von den Stimmen und Geräuschen aus Jahrhunderten wie von einer hauchdünnen Gaze überzogen.

Er öffnete die Augen und blinzelte zur Kuppel hoch, die übervoll mit Malereien und Stukkaturen geschmückt war, und als er sich umsah, bemerkte er auf beiden Seiten des Mittelschiffs eine große Anzahl von Putten, Engeln und Medaillons. Auf dem Altar vor ihm standen zwischen kunstvollen Holschnitzereien drei Marmorstatuen.

Die Kanzel rechts daneben, etwa zwei Meter über dem Boden an einer Säule angebracht, wirkte dagegen geradezu schlicht. Überrascht stand Hans Brandt auf. Erst jetzt hatte er die zierliche Christusfigur bemerkt, die hinter der Kanzel hing. Irgend etwas faszinierte ihn daran. Er ging darauf zu, betrachtete sie von allen Seiten und verstand schließlich, was es war. Die Augen der Statue schienen den Betrachter immer direkt anzusehen, gleichgültig wo er stand. Sie schienen mitzuwandern. Gebannt starrte Hans Brandt zu dieser seltsamen Christusfigur hoch.

«Die Augen des Herrn sind überall, oder?» sagte eine Stimme mit unverkennbar schweizerischem Tonfall hinter ihm. Der Kriminalbeamte fuhr herum und sah sich dem lächelnden Gesicht eines kleinen Mannes in einer schwarzen Soutane gegenüber, der begütigend eine Hand hob.

«Verzeihen Sie, ich wollte Sie nicht in Ihrer Andacht stören. Aber ich bin zu dem Entschluß gekommen, daß ich mit Ihnen sprechen sollte. Ich bin übrigens Padre Andrea.»

«Hans Brandt, Kriminalpolizei Hamburg. Aber das wissen Sie offenbar schon.»

«Ja. Sehen Sie, Bissone ist ein Dorf, da spricht sich alles schnell herum. Sie waren gestern abend und heute morgen in dem Haus, dessen Besitzerin so plötzlich abberufen wurde.» Der Blick des Pfarrers ging ergeben zu der Christusfigur. «Wir sollten in der Sakristei weitersprechen.» Damit wandte er sich um zum Altar, beugte das Knie, bekreuzigte sich und ging rasch zu einer schmalen Tür unterhalb der Kanzel.

Die Sakristei war ein kleiner Nebenraum ohne Fenster, in dem sich Pfarrer und Meßdiener umzogen. Vier Meßgewänder hingen fein säuberlich auf Kleiderbügeln an einem Holzständer. Sonst stand in dem Raum nur noch ein massiver dunkelbrauner Schrank, davor ein viereckiger Tisch mit sechs Stühlen und einer altmodischen Stehlampe. Auf dem Tisch lagen aufgeschlagen eine Bibel, daneben ein Stapel anderer Bücher, einige leere Blätter und eine Dose, in der Bleistifte und ein Füllfederhalter steckten.

Pater Andrea knipste die Stehlampe an, die ein warmes, dämmriges Licht abgab, und schloß die Tür.

«Hier sind wir ungestört.» Er deutete auf einen Stuhl und setzte sich selbst gegenüber an die andere Tischseite. «Sie haben die Nachbarn der Verstorbenen befragt, wie ich höre. Das bestärkt mich in meinem Entschluß, Ihnen zu helfen, der armen Seele gerecht zu werden.»

«Sie waren ihr Beichtvater?»

«Nein, ihr Seelsorger. Sie war nicht katholisch und ging deshalb auch nicht zur Beichte. Aber eines Tages, vor etwa zehn Wochen, kam sie zu mir hier in die Kirche und bat um Rat und Beistand. Sie hatte gerade das kleine Haus oben am Hang gekauft und war dabei, ihr Leben neu zu ordnen. Sie hatte das Bedürfnis, mit einem Priester darüber zu sprechen.»

«Wer hätte das gedacht!» Hans Brandt machte aus seiner Überraschung keinen Hehl. Nach allem, was er von Bella Sievers wußte und obendrein in ihrem Haus vorgefunden hatte, war sie alles andere als eine Heilige. Sie hatte offenbar keine Skrupel, Männer zu erpressen. Notizen und Briefwechsel, die sie in einem Wandsafe aufgehoben hatte, belegten das eindeutig. Und dann noch diese Art Labor im Keller, das er am Morgen erst entdeckt hatte, weil es hinter einem Verschlag versteckt war.

«Sie war eine Sünderin», fuhr Padre Andrea ungerührt fort, «aber sie wollte umkehren. Sie erbat die Taufe. Die drei Gespräche, die wir hatten, dienten auch der Vorbereitung dazu. Ja, nun ist es nicht mehr dazu gekommen.

Und wie hatte sie sich darauf und erst recht auf die Trauung gefreut.

«Die Trauung?» Brandt zückte sein Notizbuch, es war wohl besser, das alles schriftlich festzuhalten. «Sie wollte heiraten? Wen denn?»

«Das wissen Sie nicht?» Padre Andrea schüttelte mißbilligend den Kopf. Hatte die Polizei etwa noch nicht mitbekommen, daß die Frau versprochen war? «Im nächsten Sommer wollte sie sich trauen lassen, ja. Es war ja gerade die Liebe zu diesem Mann, die sie bewog, ihr Leben in Ordnung zu bringen. Sie wollte neu anfangen mit ihm, davon war sie erfüllt.»

«Was hat sie Ihnen von dem Mann erzählt?»

«Daß er in Hamburg lebt, eine hohe Position hat und wenig Freizeit. Ich habe ihn nicht kennengelernt. Sie liebte ihn über alles.»

«Was hat sie Ihnen von ihrem Vorleben erzählt?» fragte Brandt.

«Schlimmes, sehr Schlimmes. Sie hat wohlhabende, einflußreiche Männer ausgehorcht und die Informationen anschließend weitergereicht an zwei Komplizen, einen Mann und eine Frau. Die haben es übernommen, Geld von den Männern zu erpressen.» Der Priester sah kummervoll auf seine gefalteten Hände. Brandt wußte, daß es keinen Sinn hatte, nach den Namen der Komplizen zu fragen. Aber er wußte sie ohnehin. Nachdem er das Haus gründlich durchsucht und die Nachbarn befragt hatte, ergab sich ein deutliches Bild.

Von vornherein war klar, daß Bella Sievers ihr Vermögen nicht allein durch ihre Honorare erworben haben konnte. Briefe und Tonbandmitschnitte, die er in ihrem

Safe gefunden hatte, waren brisant genug, um die betreffenden Männer damit unter Druck zu setzen. Der Safe enthielt auch Kontoauszüge einer Züricher Bank auf den Namen Bella Sievers und einer Bank in Luxemburg auf den Namen Sylvia Sievers. Auf dem Luxemburger Konto waren von Januar bis Juli in unregelmäßigen Abständen mal zwanzigtausend, mal fünfzigtausend, im April sogar einmal achtzigtausend Mark eingezahlt worden, immer bar. Für das Züricher Konto dagegen schien es lediglich einen Dauerauftrag zu geben, hier gingen monatlich immer exakt achttausend Mark ein.

Seltsam war, daß auf beiden Konten seit Juli keine Bewegung mehr stattgefunden hatte. Im Juli, das wußte Brandt inzwischen, war Bella in Bissone. Ist sie damals ausgestiegen?

«War es im Juli, als Frau Sievers Ihnen all das gebeichtet hat?» fragte er den Priester.

«Ich sagte ja, vor etwa acht Wochen kam sie zum erstenmal. Jetzt ist Ende September. Ja, es kann Ende Juli, Anfang August gewesen sein.»

«Und das letzte Mal, wann war das?»

«Vor etwa drei Wochen. Da wirkte sie sehr angespannt, fahrig. Sie sagte, sie habe einige Probleme. Aber an ihrem Entschluß zur Umkehr hatte sich nichts geändert.

Padre Andrea stand bedächtig auf. «Ich muß mich jetzt auf den Gottesdienst vorbereiten. Ich hoffe, ich konnte dazu beitragen, daß die arme Verstorbene in einem gerechteren Licht erscheint.»

Noch ehe Hans Brandt etwas erwidern konnte, wurde die Tür zur Sakristei aufgestoßen. Vier Jungen von etwa zwölf Jahren schubsten sich gegenseitig in den engen

Raum. Sie grüßten kurz, ließen sich aber von den zwei Männern nicht in ihren Aktivitäten stören. Rucksäcke plumpsten auf den Boden, Jacken wurden über Stuhllehnen geworfen, der erste zog sich schon sein weißes Meßdienergewand über, wobei der Kleiderbügel klirrend auf dem Steinfußboden landete.

Padre Andrea sah seinen Gast lächelnd an und entließ ihn mit einem freundlichen Händedruck. Als Hans Brandt die Kirche verließ, begannen die Glocken von San Carpoforo zur Andacht zu läuten. Zu dem kleinen Haus am Hang waren es nur fünf Minuten zu Fuß. Als Brandt vor der blaugestrichenen Eingangstür stand, hörte er noch immer die Glocken läuten. Er ging rechts um das Haus herum auf die Terrasse. Von dort sah er unterhalb des Hügels den Luganer See in der Morgensonne schillern. Ein einsames weißes Boot tuckerte vorüber. Die Gartenrestaurants am Ufer waren winterfest gemacht, mit Holzläden vor den Fenstern und grauen Plastikplanen über Tischen und Bänken. Die Saison war vorüber.

Brandt wandte sich um und betrachtete das zweistökkige Landhäuschen, mit dem Bella Sievers so viel Hoffnung auf Glück verbunden hatte, in dem sie aber gleichzeitig die Dokumente ihres geheimen Lebens verwahrte.

Der Keller, in dem das Labor versteckt war, hatte einen eigenen Eingang vom Garten aus. Brandt entfernte das Siegel, das seine Kollegen früh am Morgen angebracht hatten, und ging hinein. Von einem länglichen Flur gingen drei Türen ab. Bei der ersten Durchsuchung hatte er die rechte Tür übersehen, weil sie geschickt durch Bretter getarnt war. Jetzt lagen die Bretter fein säuberlich abmontiert und aufeinandergestapelt auf dem Boden. Brandt stieg über den Stapel und betrat den kleinen Raum, der jetzt nahezu leer war. Kartonweise hatten Polizisten im Morgengrauen Flaschen, Reagenzgläser, Bunsenbrenner und diverse andere Gerätschaften abtransportiert.

Brandt selbst hatte dafür gesorgt, daß ein Dutzend Hustenbonbons in grünem Papier vor ihrem Weg ins Polizeilabor nach Lugano mit großer Sorgfalt verstaut wurden.

Zum Glück hatte er sich gleich daran erinnert, daß er diese Art Bonbonpapier schon einmal gesehen hatte. Der Chef hatte es ihm gezeigt. Es war in der Manteltasche der Toten gefunden worden.

Gut also, hier war nichts mehr zu tun. Mit dem Gefühl, seine Hausaufgaben erledigt zu haben, stieg er die Steintreppen aus dem Keller wieder hoch in den Garten. Die Glocken hatten aufgehört zu läuten. Es war Viertel nach zehn.

Zeit, den Chef in Hamburg anzurufen und zu hören, wie es denn nun weitergehen sollte.

21

Bernd Zazek legte zufrieden den Hörer auf. Guter Mann, dieser Brandt, erkannte das Wesentliche und reagierte schnell. Wie er die Spurensicherung in Lugano zur Eile angetrieben hat und noch dazu erfolgreich, alle Achtung.

Zazek strich fast liebevoll über das Fax mit den ersten Analysen der Tessiner Kollegen. Hier waren sie endlich, die Beweise, daß Bella Sievers nicht Selbstmord verübt hatte.

Im Keller ihres Hauses befand sich eine gut getarnte Giftküche, in der sich zwei Personen die allergrößte Mühe gegeben hatten, ein hochwirksames Herzmittel zu feinem Pulver zu zerstoßen und in eine bestimmte Sorte Pfefferminzbonbons hineinzuspritzen. Dutzende von zerbrochenen Bonbons, verbogenen Kanülen und zerknüllten grünen Bonbonpapieren ließen darauf schließen, daß die Prozedur zunächst einige Übung erforderte. Bei alldem hatten die beiden sorglos Fingerabdrücke hinterlassen. Sylvia Sievers und Alfred König mußten sich sehr sicher gefühlt haben. Oder hatten sie nur keine Zeit mehr, ihr Versteck aufzuräumen? Das aber würde bedeuten, daß nicht alles nach Plan gelaufen war. Es hatte eine Panne gegeben. Aber welche? Tatsache war, daß Bella Sievers mindestens drei der präparierten Bonbons gegessen hatte, das Einwickelpapier hatte sie achtlos in die Tasche ihres Mantels gesteckt, den sie nach Aussage des Hotelkellners nicht ablegte, während sie Tee im Foyer trank. Die Frau hatte Halsschmerzen, fand einige Pfefferminzbonbons in ihrer Manteltasche und lutschte sie arglos. Vielleicht hat sie dabei sogar an ihren Geliebten gedacht, der die gleiche Sorte Bonbons ständig lutschte. Und deshalb mag sie sich auch kaum gewundert haben, daß sie welche in ihrer Manteltasche fand – ein Überbleibsel eben von irgendeinem zurückliegenden Treffen.

Raffiniert hatten die Mörder sogar die falsche Fährte zu Herbert Ötting gelegt. Dabei kam ihnen unverhofft ein Glücksfall zugute: Herbert Ötting war heimlich nach Berlin geflogen und hatte Bella Sievers in ihrem Hotelzimmer getroffen.

Bis dahin war es bestens gelaufen für die Giftmischer. Ein kaltschnäuzig entworfener Plan, der aufzugehen schien. Und dazu paßte eben nicht, daß sie nicht vorher alle Spuren im Keller von Bissone vernichtet hatten.

Zazek zog gereizt die Augenbrauen zusammen. Wenn er ehrlich war, paßte noch mehr nicht. Das Motiv zum Beispiel. Eifersucht? Neid? Habgier? Rache?

Jedes einzelne seit Menschengedanken ein veritables Mordmotiv. Aber machte es hier Sinn? Für Sylvia Sievers und Alfred König war Bella Sievers eine Art goldenes Kalb. Schlachtet man das?

Und selbst wenn sie aussteigen wollte – verraten hätte sie die beiden nie, dazu hatte sie selbst zuviel zu verheimlichen.

Zazek knallte verärgert die Akte König auf den Tisch. Das war auch etwas, das nicht ins Bild paßte.

Nach allem, was in der Akte zusammengetragen war, ging dieser gescheiterten Existenz jede Fähigkeit zu Raffinesse und Zielstrebigkeit ab. Dazu paßte sogar, daß Alfred König tot am Alsterufer gefunden wurde. Dazu paßte der letzte Tag seines Lebens, soweit ihn die Polizei rekonstruieren konnte. König war an jenem Donnerstag nach Aussage seiner Frau wie immer erst am späten Vormittag aufgestanden. Sie hörte ihn in Bad und Küche hantieren und später, so gegen zwölf, die Haustür zuschlagen.

Kurz nach drei erschien König in der *Kogge*, seiner Stammkneipe. Sie öffnete täglich um fünfzehn Uhr, und König war an diesem Tag einer der ersten Gäste. Der Wirt der *Kogge* sagte aus, daß er sich an den Besuch des Alfred König ganz genau erinnere, «weil der eine Menge Lappen dabeihatte und ich dachte, wie kommt so einer an so viel Kohle».

Auf genaueres Befragen hin ergab sich folgendes Bild: König betrat das Lokal kurz nach fünfzehn Uhr. Er war alleine, setzte sich an den Tresen und bestellte ein Bier. Als der Wirt das Getränk vor ihm hinstellte, zwinkerte König ihm vertraulich zu und beugte sich über die Theke hinweg zu ihm. «Ich zeig dir was, da bist du platt», soll er geflüstert haben, während er gleichzeitig aus seiner Jackentasche einen braunen Umschlag holte, dem er einen dicken Packen Hunderter und Fünfziger entnahm.

Fünftausend seien das zusammen, erklärte er dem Wirt, ehrlich verdiente fünftausend. Als der Wirt ihn fragte, woher er das viele Geld habe, legte König allerdings vielsagend den Finger vor die Lippen. Die Geldtüte verstaute er dann wieder in seiner Jackentasche, entnahm ihr aber im Laufe des Nachmittags und frühen Abends immer mal wieder einen Schein, um großzügig Lokalrunden zu spendieren. Er verließ die Kneipe erst gegen Abend, «ordentlich abgefüllt», wie der Wirt zu Protokoll gab.

Wo sich Alfred König den restlichen Abend und die Nacht über aufhielt, konnte nicht in Erfahrung gebracht werden.

Als er gegen Morgen tot aufgefunden wurde, hatte er 1,5 Promille Alkohol im Blut, ein Loch im Kopf, aber keinen Pfennig Geld in der Tasche.

«Klingt nach Raubmord», sagte Zazek, der gerne laut dachte, «aber wer hat ihm die fünftausend Mark gegeben und das Buch von Bella Sievers?»

Öttings Namen hatte Alfred König selbst hineingeschrieben, das hatte die Handschriftenanalyse zweifelsfrei ergeben.

«Aber wozu, wozu?» fragte Zazek ratlos seine vier Bürowände, die es ihm auch nicht sagen konnten.

Der junge Polizist von nebenan steckte seinen Kopf zur Tür rein. «Haben Sie gerufen?»

«Nein, gelacht», grummelte Zazek, «was ist jetzt mit Frau Ötting?»

«Ist soeben eingetroffen.»

«Na, dann bring sie mir mal.»

22

Das Schnarchen schlich sich zuerst ganz leise in ihr Bewußtsein. «Lucky», dachte sie, noch halb im Schlaf. Lucky war ihr Hund, ein Boxer, und niemand auf der Welt konnte so unnachahmlich schnarchen wie er. Aber Lucky war seit sechs Jahren tot.

Mit einem Ruck schoß Margot in die Höhe, jetzt wieder ganz auf dieser Welt.

«Raus hier, du Unhold, das ist mein Bett.»

«Schrei nicht, sei lieb, bitte.» Herbert Ötting drehte sich auf den Rücken, öffnete aber nicht die Augen und machte auch keine Anstalten zu erklären, warum er im Laufe der Nacht das Lager gewechselt hatte.

Margot setzte sich in den Schneidersitz und zog sich das Laken über die Schultern, es war kalt geworden. Sie überlegte, ob sie ihm einfach das Bettuch wegziehen sollte, tat es dann aber doch nicht. Er sieht mitgenommen aus, dachte sie, mit seinen grauen Bartstoppeln und den dünnen Haarsträhnen, die ihm ins Gesicht hängen. Ein Restmann, der in seinem augenblicklichen Zustand bestimmt nicht zu einem Angriff auf ihre Unschuld imstande war. Margots Wut wandelte sich in einen Anflug von Mitleid, in das sich ein Hauch Selbstmitleid mischte.

Da lag nun erstmals seit fast einem Jahr wieder ein Mann in ihrem Zwei-mal-zwei-Meter-Bett, und dann war es nur Bert, für den sie wahlweise Kumpel, Therapeutin, Vertraute oder Zuflucht vor der Welt draußen war.

Hatte er überhaupt je bemerkt, daß sie auch eine Frau war? Und was war mit allen anderen Männern? Keiner hielt es lange mit ihr aus, oder mit ihr und ihrem Job. Seit Harald hatte sie sich damit abgefunden, oder doch nicht?

«Bert?»

«Ja.»

«Wie findest du mich als Frau?»

«Wieso als Frau?» kam es gequält zurück. Bert versuchte sich aufzurichten, sank aber gleich wieder ins Kissen zurück. «Oh, mir geht es richtig schlecht.»

Margot fand, daß ihre Frage damit eindeutig beantwortet war. Sie nahm sich vor darüber nachzudenken, sobald sie das hier überstanden hatte.

«Geh duschen, damit du wach wirst», schlug sie ernüchtert vor, «um zwei Uhr sollen wir bei Zazek sein. Du willst sicher vorher noch nach Hause, oder?»

«Muß ich wohl. Wird nicht sehr angenehm werden nach gestern nacht.»

Fünf Minuten später saßen beide an Margots Küchentresen, jeder einen Becher dampfenden Kaffee vor sich. Sie sprachen noch einmal über alles, was in den vergangenen sechs Tagen geschehen war, beleuchteten es von allen Seiten und waren am Ende doch keinen Schritt weitergekommen.

Nach einer Stunde, es war schon fast elf, wurde Margot ungeduldig. Die Nähe, die sich, vielleicht aus alter Gewohnheit, am Morgen nach dem Aufwachen wieder zwischen ihnen eingestellt hatte, war verschwunden. Margot konnte Berts egomane Wehleidigkeit kaum noch ertragen. Sie wollte ihre Wohnung wieder für sich haben.

«Du mußt los», drängte sie deshalb und warf ihm seinen Mantel zu.

«Das ist nicht mein Mantel.»

«Das Teil hattest du jedenfalls vergangene Nacht umhängen, als du aus deinem Haus geschossen kamst, du erinnerst dich? Also, zieh ab!»

«Das ist trotzdem nicht mein Mantel.» Ötting ignorierte Margot, die ungeduldig neben der geöffneten Wohnungstür stand. Er starrte auf den Mantel, dann faßte er in die Taschen und zog ein paar Handschuhe heraus.

«Das Ding gehört Reni», rief er triumphierend. «Muß ich gestern in der Aufregung verwechselt haben. Wir haben beide so einen schwarzen Stoffmantel, die sehen sich ja auch zum Verwechseln ähnlich. Nur das hier ist Größe 40, siehst du, Damengröße. Ich Trottel.»

«Größe 40», rief Margot und schlug sich mit der flachen Hand vor die Stirn.

«Da dämmert mir was. Bella und Sylvia trugen doch fast immer gleiche oder ähnliche Klamotten, richtig?»

«Richtig. Und?»

«Auch die gleichen Mäntel?»

«Ja, wieso?»

«Weil der Mantel, der neulich bei meinem Besuch in Sylvia Sievers Wohnung an der Garderobe hing, Größe 38 hatte. Dabei hat sie mir selbst erzählt, daß Bella Größe 38 trug und sie selbst 40. Mir ist das nur bis jetzt nicht aufgegangen.»

«Du meinst, sie hatte Bellas Mantel? Und Bella hatte ihren?»

«Ja, inklusive der vergifteten Bonbons in der Manteltasche. Ich muß sofort das alte Knautschgesicht anrufen.

Und du sei pünktlich im Präsidium», rief sie ihm, schon auf dem Weg zum Telefon, zu.

Verwirrt, müde und niedergeschlagen machte sich Herbert Ötting auf den Weg nach Hause. Der Himmel war klar, und ein kühler Wind ließ die Augen tränen. Ötting schlug den Jackenkragen hoch und lief mit gesenktem Blick an den herrschaftlichen, stuckverzierten Jugendstilhäusern der Hallerstraße entlang bis zur Rothenbaumchaussee, bog dort nach links Richtung Klosterstern ab und stand nach einer Viertelstunde mutlos vor seiner Haustür. Er wußte schon, bevor er läutete, daß ihm niemand öffnen würde. Alle Jalousien waren heruntergelassen. Die schmiedeeiserne Gartentür stand einen Spalt offen, aber der Garten war wie abgestorben. Ötting sah die Schaukel, die er schon längst hatte abmontieren wollen, weil die Kinder mittlerweile zu groß waren dafür. Ein Bild erschien in seinem Kopf. Sommer, ein heller, warmer Tag. Auf dem Rasen Gartenstühle, ein Tisch. Er selbst behaglich in einem Liegestuhl mit einem Packen Zeitungen auf dem Schoß. Ralf ruft: Papa, komm Tischtennisspielen! Aber erst schubst du mich an, brüllt seine Schwester. Sie sitzt lachend auf der Schaukel. Jetzt stand die Schaukel verlassen auf dem herbstlich-feuchten Rasen, aber Herbert Ötting nahm für einen kurzen Augenblick noch einmal die Schwingung des vergangenen Sommertages wahr. Ötting nestelte seinen Schlüssel aus der Hosentasche und betrat das verdunkelte Haus.

In der Diele sah er seinen Mantel hängen, alle anderen Kleidungsstücke waren verschwunden. Er ging weiter ins Wohnzimmer, knipste das Licht an und entdeckte sofort den Brief auf dem Couchtisch.

«Herbert.» Eine Anrede so kalt wie Eis. Er überlegte, wann Reni ihn jemals so angesprochen hatte. Es mußte jedenfalls Jahre her sein. Er ließ sich schwer in den Sessel fallen und las:

Falls du es bemerkt haben solltest, wir sind weg. Die Kinder wissen noch nicht genau Bescheid, aber uns beiden ist wohl klar, daß eine Trennung das einzig Vernünftige ist. Von einer Ehe habe ich andere Vorstellungen als das, was du mir vor allem in letzter Zeit zugemutet hast.

Inzwischen habe ich begriffen, daß diese vulgäre Person, die jetzt in der Hölle schmort, nicht die erste war, mit der du mich betrogen hast und auch nicht die letzte gewesen wäre. Jetzt kannst du sie alle haben, im Tausch gegen deine Familie. Herzlichen Glückwunsch. Der Maulwurf übrigens geht auf mein Konto. Hoffentlich bist du ordentlich erschrocken. Sollte ein Denkzettel sein, der nachfolgende Brief auch. Der Maulwurf war schon halb tot, als ihn Herr König im Garten fand und ihm mit der Schaufel den Gnadenstoß gab. Das war, als mich deine Flamme gerade aus Berlin angerufen hatte, um mir mitzuteilen, daß du bei ihr warst. Sie hat mir auch sonst noch einiges mitgeteilt. Ich hatte einen solchen Haß auf dich! Da habe ich dem König fünftausend Mark geboten, wenn er dir den Kadaver auf den Schreibtisch schmuggelt und den Mund hält. Das Geld habe ich ihm am Donnerstag gegeben, nachdem ich es am Dienstag von deinem Konto abgehoben hatte. Den Brief habe ich dir selbst unter die Post geschmuggelt.

Ötting ließ das Blatt auf den Schoß sinken. Ihm ging nur ein Gedanke durch den Kopf: Renate war verrückt geworden, durchgeknallt. Wie sonst hätte sie so etwas tun können. Noch dazu mit Hilfe dieses Penners, der erst seit drei oder vier Wochen stundenweise in ihrem Garten werkelte, mehr schlecht als recht. Ihm einen stinkenden Maulwurf auf den Tisch zu legen, das ging wirklich zu weit, eine hysterische Überreaktion, unter Renates Niveau eigentlich. Unter diesen Umständen war es ihm lieber, sie jetzt nicht sehen zu müssen. Er stand auf, um sich einen Cognac einzugießen, schüttete ihn in einem Zug hinunter, setzte sich wieder und las weiter:

Ich habe das alles heute morgen auch der Polizei erzählt. Sie hatten mich zum Verhör bestellt, nachdem sie vorher mit großem Tamtam Haus und Schuppen durchwühlt hatten. Jetzt sind wir wenigstens auch noch zum Gespött der Nachbarn geworden. Zufrieden? Ich bleibe mit den Kindern bei meinen Eltern, bis du ausgezogen bist. Such dir also schnellstens eine Bleibe, ehe ich gezwungen bin, dich auf juristischem Wege zu entfernen.

Ich verachte dich. Renate.

Herbert Ötting saß reglos in seinem Sessel und fragte sich, warum er nicht untröstlich war. Er hatte doch immer geglaubt, eine Trennung von Renate sei das Zweitschlimmste überhaupt, kaum weniger schlimm als der Verlust von Job und Macht in den Medien. Da hatte er allerdings noch nicht gewußt, zu welch plumpen Gemeinheiten sie fähig war. Ötting zerdrückte verächtlich den Brief in seiner Hand, bis nur noch ein kleiner, knittriger Klumpen übrigblieb, den er mit einer beherzten Geste in die Hosentasche steckte.

Die Frotzeleien der Kollegen fielen ihm ein, die er über sich ergehen lassen mußte, wenn Renate mal wieder energisch in die Redaktion gestapft kam, um ihn abzupflükken. Zu den abenteuerlichsten Tricks hat sie ihn gezwungen mit ihrer Neigung, alles und jeden unter Kontrolle haben zu wollen.

Nein, er war nicht untröstlich. Er würde sich sogar, wenn die Sache mit Bella geklärt war, ganz gerne trösten lassen. Und unter dem Einfluß eines weiteren Cognacs dachte Herbert Ötting nicht an sein zerstörtes Familienleben, auch nicht an die Steuerfahndung oder die tote Bella, er dachte darüber nach, wer ihn wohl trösten könnte, nachdem er so viel Schlimmes hatte aushalten müssen.

23

Auch Bernd Zazek erlaubte seinen Gedanken einen kurzen träumerischen Abstecher. Sie verweilten bei gegrilltem Lachs auf Blattspinat, gefüllten Champignons, leicht angebratenen und kräftig gewürzten Auberginenscheiben und einem leichten Roten. Das alles wohlgefällig betrachtet von den fröhlichen grünen Augen seiner neuen «Mitarbeiterin», die nicht nur seinen angeborenen Hang zur Neugierde teilte, sondern auch seine Vorliebe für italienisches Essen. Deshalb enthielt sein Terminkalender für nächsten Freitag den Eintrag 19 Uhr, Margot Thaler, Schwenckestraße 87 – Dario.

«Keine Widerrede», hatte Margot gesagt, als sie ihn am Vormittag anrief, «keine Widerrede, sonst werden Sie nie wieder einen meiner wertvollen kriminalistischen Tips erhalten.»

Bernd Zazek befahl seine Gedanken zurück an die Arbeit. Margot hatte ihm berichtet, daß die Mäntel der Schwestern wahrscheinlich vertauscht wurden. Tatsächlich hatte der Mantel, der bei Bella Sievers gefunden wurde und in dessen Taschen die vergifteten Bonbons waren, die Größe 40. Und das gleiche Modell bei Sylvia Sievers hatte Größe 38. Beide Mäntel hingen nun einträchtig nebeneinander auf Kleiderbügeln an Zazeks Aktenschrank. Sie glichen sich wie ein Ei dem anderen, und sie waren das letzte Stück in dem Puzzle um Bella Sievers' Tod.

Zufrieden, bester Laune und ohne Hast ordnete Zazek die Papierstapel auf seinem Schreibtisch in verschiedenfarbige Aktenordner ein. Er liebte es, einen Fall Samstag mittags abzuschließen. Das garantierte einen entspannten Samstagabend, einen freien Kopf für den Sonntag und einen aufgeräumten Schreibtisch für den Montag.

Kurz nach 2 Uhr, Zazek hatte gerade die Kaffeemaschine eingeschaltet, erschienen Margot Thaler und Herbert Ötting.

Margot hatte sich nach der durchwachten Nacht eine ausgiebige Dusche und sogar eine Gesichtsmaske gegönnt. Solchermaßen gerüstet, war sie ausnahmsweise nicht in der Stimmung für Jeans. Sie trug einen sandfarbenen Hosenanzug, eine Anschaffung aus den gemeinsamen Tagen mit Harald, darunter einen kakaobraunen Rollkragenpullover. Ihre Haare hatte sie im Nacken zusammengebunden, was ihre sportlich-elegante Erscheinung noch betonte. Zazek schickte ihr einen anerkennenden Blick und machte beiden ein Zeichen näher zu kommen und sich auf die zwei Besucherstühle vor seinem Schreibtisch zu setzen.

Herbert Ötting setzte seine halbe Brille auf die Nase und betrachtete sein Gegenüber erwartungsvoll. Er hatte Ränder unter den Augen, und seine grauweißen Bartstoppeln ließen ihn älter erscheinen. Seine Körperhaltung aber verriet neue Zuversicht. Er saß zurückgelehnt mit verschränkten Armen neben Margot und kaute auf einem Pfefferminzbonbon.

«Du knirschst wie ein alter Ackergaul», zischte Margot. Berts Bonbon-Marotte hatte sie schon immer nervös gemacht, in diesem Moment fand sie sie noch unangebrachter als sonst. Ohne eine Reaktion abzuwarten, wandte sie sich an Zazek. «Also, was hat sich getan? Was ist mit den Mänteln? Was sagt Sylvia?»

Zazek nahm bedächtig einige beschriebene Seiten vom Schreibtisch und hielt sie hoch wie ein Auktionator, der ein seltenes Buch anpreist.

«Was Sylvia Sievers sagt, steht hier drin. Es ist das Protokoll ihrer Vernehmung. Gleichzeitig dokumentiert es ihren Zusammenbruch. Als wir sie mit den vertauschten Mänteln konfrontierten, hat sie sich aufgegeben. Das haben wir Ihnen zu danken, Frau Thaler. Nicht zuletzt deshalb sollen Sie jetzt auch die erste sein, die erfährt, wie und warum Bella Sievers starb.»

«Zur Veröffentlichung freigegeben?» fragte Margot und kramte in ihrer Riesentasche nach dem Kassettenrecorder. Zazek sah Ötting an. «Von mir aus schon, es sei denn, Sie hätten Einwände, denn hier kommen ja auch ganz persönliche Dinge zur Sprache, die Sie betreffen.»

«Das spielt jetzt kaum noch eine Rolle», antwortete Ötting. «Meine Frau will sich scheiden lassen, die Steuerfahndung ist nicht mehr aufzuhalten. Mir geht es schlecht, was habe ich noch zu verlieren?» Er setzt auf die Mitleidmasche, schoß es Margot durch den Kopf. Er wird Interviews geben, in Talk-Shows auftreten, sich von allen Seiten in seinem Elend zeigen und dabei glänzend Punkte machen. Sein Ego, dachte sie, ist wie ein Fettauge, es schwimmt immer oben, egal was passiert. Bella Sievers war ihm schon jetzt nicht einmal mehr eine Gedenkminute wert.

«Ich lenke ungern von deinem schweren Schicksal ab», sagte sie gereizt, «aber ich wüßte nun endlich gerne, wer

Bella vergiftet hat und warum.» Sie zog ihren Stuhl näher an den Schreibtisch und sah Zazek abwartend an.

«Niemand wollte Bella Sievers vergiften, und deshalb gibt es auch kein Motiv. Dennoch ist Bella Sievers unzweifelhaft an vergifteten Pfefferminzbonbons gestorben. Ihre eigene Schwester und deren Freund Alfred König, ein gelernter Apotheker, haben die tödliche Substanz in die Bonbons gefüllt. Wir haben ihre Giftküche in dem Tessiner Haus gefunden, verborgen in einem Kellerverschlag. Dort haben wir auch Reste der gleichen Bonbonsorte gefunden. Es ist die, die Sie ständig lutschen, Herr Ötting.»

«Das haben die extra gemacht, oder? Die wollten mich in Verdacht bringen», sagte Ötting, und seine braunen Augen wanderten empört über die Lesebrille hinweg zwischen Margot und dem Kommissar hin und her.

«Das kam später», antwortete Zazek, «zunächst wollten sie Sie umbringen.»

Ötting stöhnte gequält auf. Umbringen! Ihn!

«Und warum haben sie es nicht getan?» fragte Margot ungerührt.

«Weil zwei Mäntel vertauscht wurden. Ein Umstand, auf den Sie uns erst mit der Nase stoßen mußten», antwortete Zazek. «Sylvia Sievers hatte die präparierten Pfefferminzbonbons so unauffällig wie möglich von der Schweiz nach Hamburg transportieren wollen. Sie steckte sie deshalb einfach in ihre Manteltasche. Als Sylvia am Samstag mittag, dem gleichen Tag, an dem Bella nach Berlin fahren wollte, in ihrer Hamburger Wohnung ankam, hängte sie den Mantel an ihre Garderobe. Kurz darauf erschien Bella, um sich zu verabschieden und noch einige Briefe mit ihrer Schwester zu besprechen. Auch Bella hängte ihren Mantel an die Garderobe – und besiegelte damit nichtsahnend ihr Todesurteil. Denn als sie ging, griff sie den falschen Mantel.

Keine der beiden Frauen bemerkte den Irrtum. Sylvia dämmerte die Verwechslung erst, als sie hörte, daß ihre Schwester an Gift gestorben sei. Es muß eine vernichtende Erkenntnis für sie gewesen sein. Als sie wieder einigermaßen klar denken konnte, kam zu dem Entsetzen die Angst. Sie beschloß, Herbert Ötting den Mord in die Schuhe zu schieben.»

Margot mußte an ihren Besuch bei Sylvia denken. «Sie hat Berts Foto auf dem Nachttisch», sagte sie, «wie paßt das zusammen?»

«Man muß kein Tiefenpsychologe sein, um zu erkennen, daß Sylvia Sievers sich von Herbert Ötting abgewiesen und verletzt fühlte», entgegnete Zazek. «Sie hatte sich zweifellos in ihn verliebt, aber sie hat sich nie eine Chance ausgerechnet, ihrer Schwester einen Mann tatsächlich ausspannen zu können. Außerdem gefährdete Ötting ihre Pläne, er mußte also ausgeschaltet werden.»

«Welche Pläne», fragte Ötting, «ich weiß ja nicht einmal was darüber.»

«Erpressung», antwortete Zazek knapp. «Sylvia hat eine Weile in einer Anwaltskanzlei gearbeitet. Sie hat Akten kopiert, die brisante Daten wohlhabender Mandanten enthielten. Bellas Part war es dann, die Männer kennenzulernen und später unter Druck zu setzen. So sollte es auch mit Ihnen laufen. Aber Bella Sievers zog plötzlich nicht mehr mit, sie hatte sich verliebt, wollte heiraten und solide werden.»

«Hand in Hand auf einer Parkbank im Tessin», sagte

Margot und sah Bert ungläubig an, «sie wollte das wirklich durchziehen. Die Frau muß einen chemischen Kurzschluß gehabt haben.»

Ötting warf ihr einen beleidigten Blick zu, würdigte sie aber keiner Antwort. «Heiraten», sagte er mit einer Stimme, in der mindestens drei Ausrufezeichen lagen, «das kann nicht sein. Bella kann nicht im Ernst geglaubt haben, daß ich da mitmache.»

«Hat sie auch zum Schluß nicht mehr.» Zazek zog aus einem der Ordner vor sich ein Papier heraus und schob es Ötting zu. «Das beweist ja der Brief hier, den sie nicht zu Ende geschrieben hat, Sie erinnern sich. Das beweist auch der Anruf an ihrem Todestag bei Ihrer Frau. Und das wird erhärtet durch die Aussage eines Priesters in Bissone, der bemerkte, daß Bella Sievers in den letzten zwei Wochen vor ihrem Tod unglücklich war. Das Tragische ist nur, daß Sylvia von dieser Entwicklung keine Ahnung hatte. Sie sah nur ihre Felle davonschwimmen. Deshalb wollte Sie ihnen die vergifteten Pfefferminzbonbons unterschieben, damit alles so weiterlaufen konnte wie bisher. Der Plan lief schief, wie wir nun wissen.»

«Und König», fragte Margot, «wie ist der dazwischengeraten?»

«Er hat Sylvia durch seine Frau kennengelernt, die ebenfalls in der Anwaltskanzlei arbeitete. Da er ständig in Geldnot war, konnte Sylvia ihn leicht für ihre Zwecke einspannen. Daß er umgebracht wurde, hat er wohl eher seinem Hang zum Angeben zu verdanken. In seiner Stammkneipe hat er mit den fünftausend Mark geprahlt, die ihm Frau Ötting am gleichen Tag für geleistete Dienste gezahlt hatte.»

«Was meine Frau betrifft, da weiß ich inzwischen Bescheid», unterbrach Ötting gequält. «Ich nehme an, sie war auch die anonyme Anruferin, die Sie in der vergangenen Nacht in die Hallerstraße gelockt hat.»

«So ist es», bestätigte Zazek, «ein spontaner Racheakt nach Ihrem Streit, vermute ich.»

Ötting nickte nur. Jetzt, da er alles erfahren hatte, wollte er so schnell wie möglich fort aus diesem Büro mit den billigen Preßholzmöbeln und dem abgeschabten grauen Teppichfilz.

«Ich habe noch zu arbeiten», sagte er und sah im Aufstehen auf seine Uhr. «Können wir die Versammlung jetzt auflösen? Sie erreichen mich in der Redaktion, wenn Sie mich noch brauchen. Ich werde bestimmt bis spät in der Nacht dort sein.»

«Der Leser hat ihn wieder», sagte Margot.

«Dich auch», entgegnete Ötting, «dir ist hoffentlich klar, daß wir noch heute einen Text von dir brauchen. Am besten, du kommst gleich mit, und wir besprechen alle Einzelheiten.» Margot holte tief Luft, wurde aber von Zazek an einer Antwort gehindert. Er hatte inzwischen seinen Schreibtisch verlassen und öffnete demonstrativ die Tür. Ihre beruflichen Diskussionen sollten sie unter sich ausmachen.

«Bis nächsten Freitag, nicht vergessen», rief ihm Margot noch zu. «Um 19 Uhr bei DARIO. Dann können Sie mir gleich von Ihrem nächsten Fall berichten, ich freue mich drauf.» Er sah ihnen nach, als sie den Büroflur entlanggingen, und schnappte dabei einige Wortfetzen ihrer Unterhaltung auf. «... spätestens fünf ..., was anderes rausschmeißen ..., ... Fotos klären ...»

Bernd Zazek schüttelte den Kopf und ging zurück in sein Büro. So ist es eben, dachte er, the show must go on. Oder in Herbert Öttings Worten: Es ist alles ganz furchtbar, aber das Leben geht weiter.

Epilog

Neun Tage nach dem Tod der Bella Sievers druckten die Zeitungen ein letztes Mal ihr Foto, diesmal unter Überschriften wie «Mord an Schriftstellerin – es war die Schwester» oder «Bella Sievers – ihre Schwester gesteht».

Am gleichen Tag erschien auch Margots Bericht in der TRIBÜNE. Dazu ein dreispaltiger Kasten von Herbert Ötting, der seinen Lesern tapfer gestand, daß er zu seinem großen Bedauern moralische Schuld auf sich geladen habe.

Er beteuerte glaubhaft, nicht geahnt zu haben, wieviel er der verstorbenen Bella Sievers bedeutete und daß er sie und ihre Schwester damit derartig aus dem Gleichgewicht bringen würde. Er bekannte, daß er selbst zu jener Zeit Probleme hatte mit seiner Ehefrau, die ihn mit krankhafter Eifersucht verfolgte und ihm sogar tote Tiere auf den Schreibtisch legte. Er leugnete auch nicht, daß er bei seiner chronischen Arbeitsüberlastung den Überblick über seine Steuerverpflichtungen verloren hatte, und beteuerte, daß er alles auf Heller und Pfennig zahlen werde. Er wisse jetzt, was es heißt, über Nacht in ein menschliches Drama verstrickt zu werden, und fühle noch mehr mit all jenen, denen es ebenso erging oder noch ergehen werde.

«Amen», hatte Margot gesagt, nachdem sie den Text gelesen hatte. Dann war sie aus der Redaktion gestürmt, in ihr Auto gestiegen, an die Nordsee gefahren und erst drei Tage später wiedergekommen.

Bella Sievers' Beerdigung fand in aller Stille statt. Am Grab standen nur ihre Schwester Sylvia und ein Gefängniswärter, der sie begleitete. Sylvia kehrte anschließend zurück in ihre Zelle im Untersuchungsgefängnis. Sie war niedergeschlagen, aber nicht verzweifelt. Ihr Anwalt hatte ihr als Strategie Unzurechnungsfähigkeit empfohlen und durchblicken lassen, daß sie mit entsprechender psychiatrischer Unterstützung bald wieder frei sein dürfte. Kommissar Bernd Zazek hatte sich nicht umsonst auf die Verabredung mit Margot gefreut. Das Essen war hervorragend, die Umgebung war angenehm und die Unterhaltung so kurzweilig wie erwartet. Der Abend war ein solcher Erfolg, daß beide ein Ritual beschlossen: jeden ersten Freitag im Monat ein gepflegtes gemeinsames Essen.

Ein Jahr später blickten sie auf sieben gemeinsame Essen zurück, der Rest hatte anderen Terminen weichen müssen.

Sie nannten sich Margot und Bernd und achteten darauf, nicht zuviel Romantik bei Kerzenlicht aufkommen zu lassen. Zazek hütete sich, weil er sich nicht zutraute, sich auf seine alten Tage auf eine absehbar komplizierte Partnerschaft einzustellen. Und Margot hütete sich, weil sie ihm insgeheim recht gab.

Zu Herbert Ötting hatte sie weiterhin beruflichen Kontakt. Privat begegneten sie sich nicht mehr. Auf Umwegen erfuhr sie, daß ihm reichlich Tröstungen zuteil wurden von mitleidigen Frauenseelen, die es kaum mit ansehen konnten, wie er unter dem Scheidungskrieg und dem Finanzamt litt. Letzteres hatte sein gesamtes im Ausland deponiertes Vermögen einkassiert, nachdem er Selbstanzeige wegen Steuerhinterziehung erstattet hatte.

Renate Ötting wohnte mit den Kindern wieder in ihrem Haus im Rosenstieg und betrieb verbittert und unversöhnlich die Scheidung. Ihr Freundeskreis war geschrumpft seit der Trennung. Manche sagten, sie sei schuld an ihrer Misere, weil sie ihren Mann zuviel kritisiert und zuwenig verwöhnt habe.

Er war in ein Dreizimmerappartement gezogen, dessen einziger Luxus eine Dachterrasse war. Seine Kollegen hatten sich wie ein Mann hinter ihn gestellt, schaudernd der Bedrohung bewußt, die auch für sie rachsüchtige Ehefrauen und eine fahndende Steuerbehörde darstellten. Der Name Bella Sievers geriet in der Öffentlichkeit schnell in Vergessenheit.